HERO TICKET

Kyeong-ho Lee

Jeune orphelin, il a passé un pacte avec Sierra et obtenu des tickets qui lui permettent d'invoquer l'esprit des morts. En échange, il n'a plus qu'un an à vivre pour retrouver celui de sa mère.

Sierra

Cet ange de la mort porte un intérêt particulier à Kyeong-ho qu'elle a sauvé de la noyade pour lui proposer un pacte. Ses véritables intentions sont un mystère.

Chae-yeon Han

Héritière du groupe Sian, elle peut voir les esprits, mais n'a jamais eu l'occasion de découvrir le monde à cause d'une organisation criminelle qui l'a prise pour cible.

Shane

Un mystérieux garde du corps étranger, aussi peu bavard qu'efficace.

Beom Choi

Artiste martial et héritier du Cheonmudo, il a affronté Kyeong-ho lors de l'examen de recrutement des gardes du corps du groupe Sian.

Tae-yeob Han

PDG du groupe Sian et père de Chae-yeon, il adore sa fille et la protège des ravisseurs qui s'en prennent à elle depuis son enfance.

Ji-seok Lee

Chef de l'équipe de sécurité de Chae-yeon, il impose une discipline de fer à ses hommes.

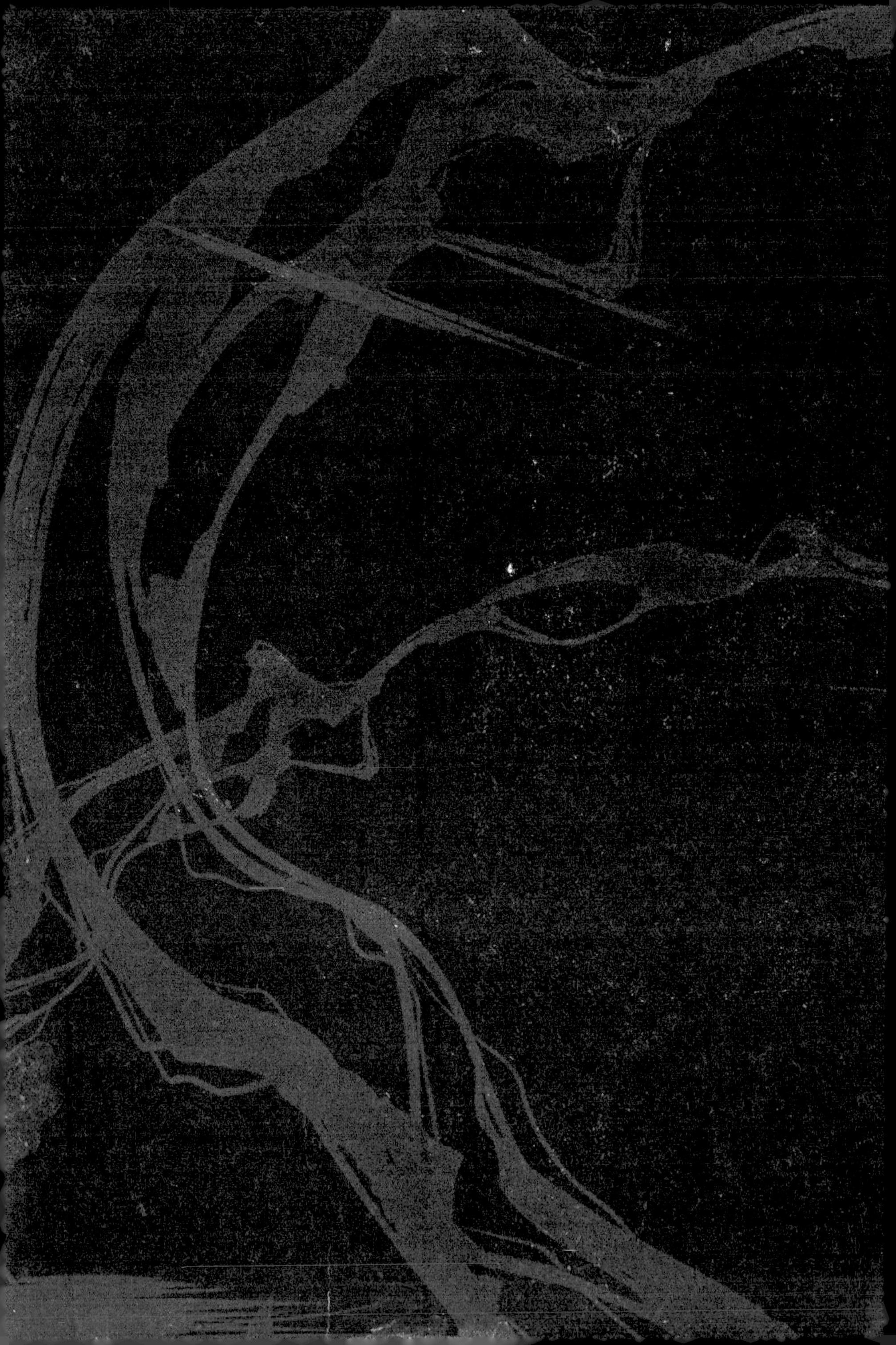

SOMMAIRE

40 - Le Délégué Principal
HAA...
하아
HAA...
하아

하아
HAA...
하아
HAA...
FWIP
IL SE RELÈVE MÊME APRÈS ÇA ?

JE N'AI PEUT-ÊTRE PAS FRAPPÉ ASSEZ FORT PAR PEUR DE LE TUER...
GNN
MON BRAS EST CASSÉ... QUE FAIRE ?
BRRR
N'AS-TU PAS PEUR DE MOURIR ?
QUOI ?

JE NE RESSENS AUCUNE PEUR EN TOI.
TU N'AS PAS PEUR DE MOURIR ?
BIEN SÛR QUE SI.
FWIP
MAIS JE NE PEUX PAS ENCORE MOURIR.
NON, LA MORT TE PARAÎT ACCEPTABLE.
TU NE RESSEMBLES PAS AUX AUTRES.
QU'EST-CE QUI TE REND DIFFÉRENT ?
C'EST SÛREMENT...
PARCE QUE JE ME PRÉPARE À MOURIR DEPUIS LONGTEMPS.
FWIP
EH BIEN...

TU NE M'INTÉRESSES PLUS.
JE NE VAIS PAS RISQUER MA VIE POUR UN TYPE QUI NE M'APPORTERA RIEN.
JE LE TUERAI PLUS TARD...

URGH
DIEU MERCI.
JE N'AI PLUS À ME BATTRE.
JE DOIS M'OCCUPER DE CHAE-YEON...
FWIP
SHAF

CENTRE MÉDICAL MINGUK
SHAAA
ARGH...
FAITES ATTENTION, VOTRE BRAS EST FÊLÉ, C'EST DONC DOULOUREUX.
AH...

OUF, UNE CHANCE QU'IL NE SOIT PAS CASSÉ, MAIS SIMPLEMENT FÊLÉ...
HEIN...
QU'EST-CE QU'ELLE FAIT ICI À DORMIR ?
COMMENT PEUT-ELLE DORMIR À POINGS FERMÉS ALORS QUE JE SOUFFRE.
JEUNE HOMME, NE SOYEZ PAS SI MÉCHANT.
ELLE A PRIS SOIN DE VOUS SANS SE MÉNAGER !
PARDON ?

IL NE SE RÉVEILLE PAS ?
ÇA FAIT DÉJÀ PLUS D'UNE HEURE, POURQUOI IL DORT ENCORE ?!
RASSUREZ-VOUS, IL SERA BIENTÔT SUR PIED.
TU TE FAIS TOUJOURS FRAPPER À CAUSE DE MOI...
ELLE A VEILLÉ SUR VOUS PENDANT DES HEURES EN ATTENDANT VOTRE RÉVEIL.
SOYEZ GENTIL AVEC ELLE.
OUI... D'ACCORD.

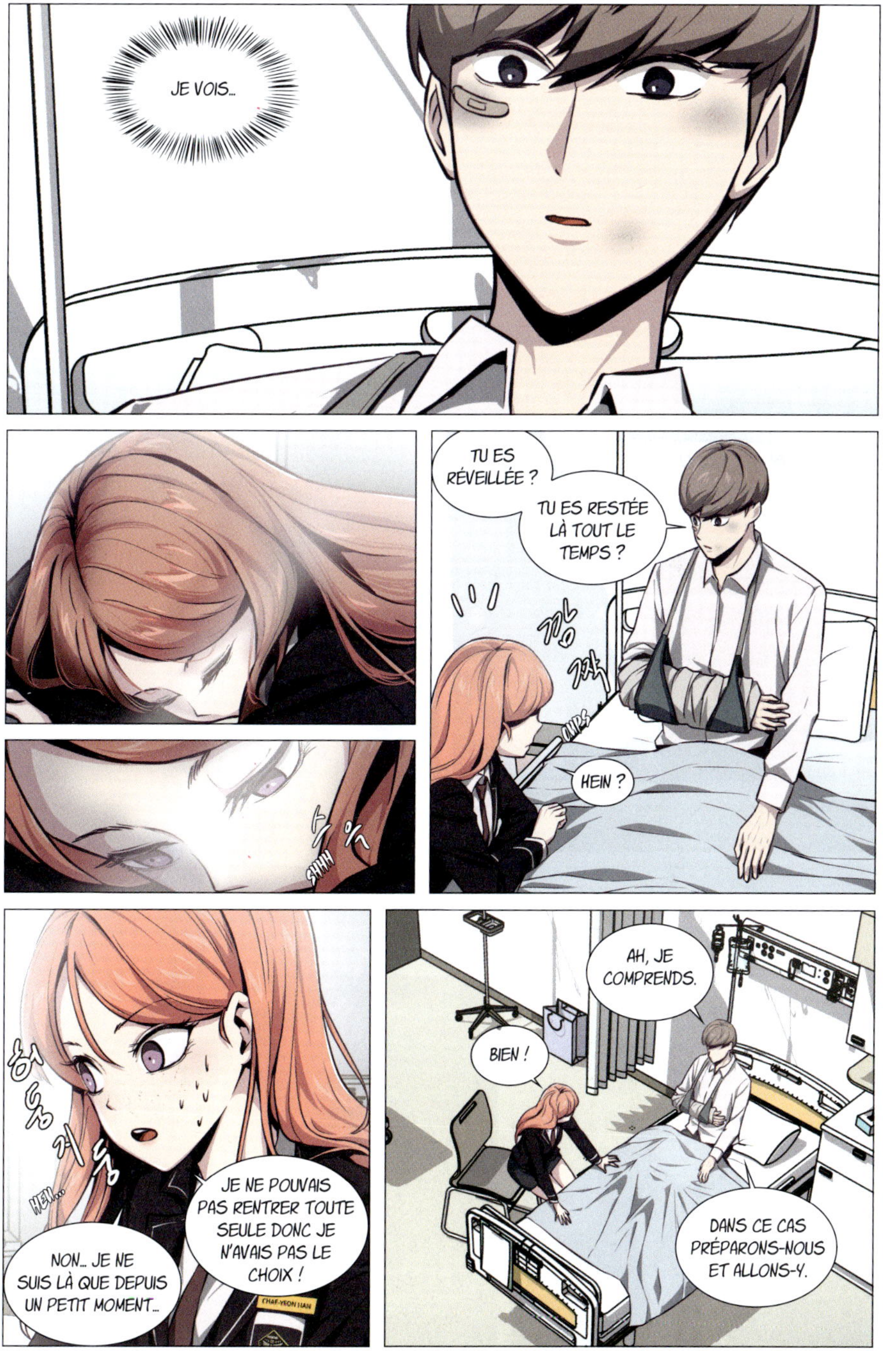

JE VOIS...
SHHH
TU ES RÉVEILLÉE ?
TU ES RESTÉE LÀ TOUT LE TEMPS ?
OUPS
HEIN ?
HEIN...
NON... JE NE SUIS LÀ QUE DEPUIS UN PETIT MOMENT...
JE NE POUVAIS PAS RENTRER TOUTE SEULE DONC JE N'AVAIS PAS LE CHOIX !
AH, JE COMPRENDS.
BIEN !
DANS CE CAS PRÉPARONS-NOUS ET ALLONS-Y.

QU'EST-CE QUE C'EST QUE CE BANDAGE ?
JE SUIS TOMBÉ DANS LA RUE ET...
QUEL GENRE DE GARDE SE CASSE LE BRAS EN TOMBANT ?

EUH...
ESPÈCE D'IDIOT !
TU ES DÉJÀ TROP FAIBLE POUR PROTÉGER CORRECTEMENT MADEMOISELLE !
JE PRENDS DU TEMPS POUR T'ENSEIGNER LE COMBAT ET TOI TU TROUVES LE MOYEN DE TOMBER ET DE TE PÉTER LE BRAS ?!
ET MAINTENANT TU AS EN PLUS LE BRAS FÊLÉ ?!
TU FERAS QUOI SI TU TE RETROUVES FACE À UN ENNEMI ?!
À QUOI EST-CE QUE TU PENSAIS ?
JE SUIS DÉSOLÉ...

하아.
HAA...
IL N'Y A RIEN À FAIRE.
CONCENTRE-TOI SUR TON TRAITEMENT JUSQU'À CE QUE TU AILLES MIEUX.
OUI, ENTENDU.
AH, AU FAIT...
멈칫
STOP
TU N'AURAIS PAS VU UN HOMME RESSEMBLANT À UN MENDIANT AVEC LES MAINS ATTACHÉES DANS LE COIN ?
IL EN A APRÈS MADEMOISELLE.

AH… AH BON ?
AVEC LES MAINS ATTACHÉES…
NON, JE… JE NE L'AI PAS VU.
VRAIMENT ?
IL TRAÎNE DANS LE QUARTIER.
SI TU LE CROISES, N'ESSAIE PAS DE L'ATTAQUER, APPELLE-MOI DIRECTEMENT.
SI TU TE BATS AVEC LUI, TU MOURRAS.
TAP
TAP
OUI… D'ACCORD.
CE TYPE N'EST VRAIMENT PAS NORMAL POUR QUE MÊME LE CHEF EN PARLE COMME ÇA.
LES HOMMES AUX TATOUAGES DE SERPENT SONT LOIN D'ÊTRE FAIBLES.

S'ILS VIENNENT EN GROUPE...
MÊME AVEC UN TICKET, JE NE M'EN SORTIRAI PAS...
DANS CE CAS...
TATATAP
TATATAP
TATATAP
TATAP
TAP
TATATAP
Dead
TICKET

AGENT SPÉCIAL
DU CYBER FBI
1988-2019
ALBERT HOVER
타다닷
TATATAP
타다닷
TATATAP
타다닷
TATATAP
JE VAIS DEVOIR FAIRE DES RECHERCHES APPROFONDIES.
24 CAMÉRAS DONNENT SUR CETTE ALLÉE...
JE ME DOUTAIS BIEN QU'IL M'AVAIT CONDUIT DANS UNE ZONE PEU SURVEILLÉE.
REC
ABATS DE PORC
SOUPE DE PORC
ABATS GRILLÉS
SOUPE DE BOEUF
MAIS J'EN AI UNE !
CAMÉR
JE VAIS PRENDRE UNE PHOTO DE SON VISAGE...

QUE JE VAIS FAIRE CORRESPONDRE À NOTRE BASE DE DONNÉES !
IL A L'HABITUDE DE TUER, DONC JE VAIS COMMENCER PAR SON PASSÉ CRIMINEL.
TA TA TAP
TA TA TAP
IL A DIT AVOIR GRANDI DANS UN ENVIRONNEMENT DIFFÉRENT, PEUT-ÊTRE À L'ÉTRANGER ?
TA TA TAP
TA TA TA TA TA TAP
TA TA TATAP TA TAP
JE VAIS MOBILISER TOUTES LES DONNÉES DE LA POLICE ET DU FBI.

!!
TROUVÉ.
IL N'Y A AUCUNE INFO EN CORÉE, TOUT VIENT DE L'ÉTRANGER.
TA TA TAP
JE PEUX FACILEMENT COMPRENDRE EN UTILISANT UN SITE DE TRADUCTION.
SON VRAI NOM EST JIN-MOK LEE. IL EST ENREGISTRÉ COMME CRIMINEL INTERNATIONAL, RECHERCHÉ POUR MEURTRES.
LE PLUS INTÉRESSANT...
C'EST QU'IL A TUÉ 23 PERSONNES DONT DES MAFIEUX, DANS CETTE ZONE.
ET APRÈS CES MEURTRES, IL S'EST INFILTRÉ DANS NOTRE PAYS GRÂCE À UNE ORGANISATION...
UNE ORGANISATION ! ÇA A FORCÉMENT UN LIEN AVEC LES TATOUAGES DE SERPENTS !

TA TA TAP
TA TA TAP
SI CETTE ORGANISATION RECRUTE BIEN LES CRIMINELS COMME LUI, ELLE N'EST DÉFINITIVEMENT PAS NORMALE.
TA TA TAP
TA TA TAP
TA TA TAP
JE VAIS ME RENSEIGNER SUR CE GROUPE ET LE DÉNONCER À LA POLICE.
CLIC

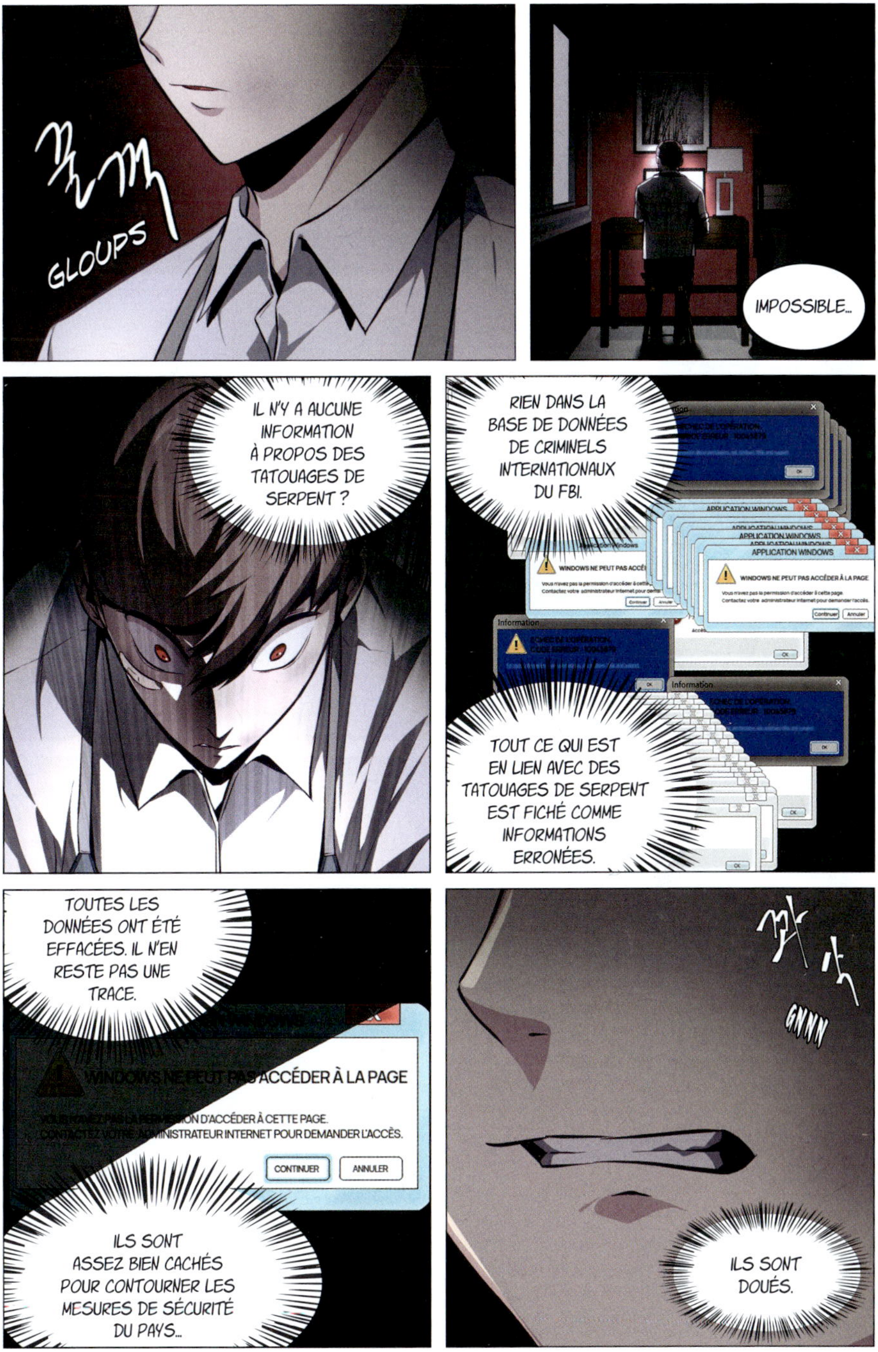
GLOUPS
IMPOSSIBLE...
IL N'Y A AUCUNE INFORMATION À PROPOS DES TATOUAGES DE SERPENT ?
RIEN DANS LA BASE DE DONNÉES DE CRIMINELS INTERNATIONAUX DU FBI.
APPLICATION WINDOWS
WINDOWS NE PEUT PAS ACCÉDER À LA PAGE
Information
TOUT CE QUI EST EN LIEN AVEC DES TATOUAGES DE SERPENT EST FICHÉ COMME INFORMATIONS ERRONÉES.
TOUTES LES DONNÉES ONT ÉTÉ EFFACÉES. IL N'EN RESTE PAS UNE TRACE.
WINDOWS NE PEUT PAS ACCÉDER À LA PAGE
CONTINUER
ANNULER
ILS SONT ASSEZ BIEN CACHÉS POUR CONTOURNER LES MESURES DE SÉCURITÉ DU PAYS...
GNNN
ILS SONT DOUÉS.

FWIISH
ÇA FAIT UNE HEURE...
ET JE N'AI DÉNICHÉ AUCUN INDICE.
하아
HAA...
JE NE PEUX MÊME PAS LES TROUVER AVEC MES TICKETS.
NOUILLES
FAITES MAISON
RIZ

저벅
TAP
저벅
TAP
CE GAMIN EST PLUS FORT QUE JE NE LE PENSAIS…
MES CÔTES SONT DISLOQUÉES…
EURGH
SI JE L'ATTAQUE DIRECTEMENT, J'AI BEAUCOUP À PERDRE.
GNNN
POURTANT, JE DOIS TOUJOURS KIDNAPPER LA FILLE, CHAE-YEON HAN…
CELUI QUI M'A DONNÉ SA LOCALISATION TOUT À L'HEURE…
ÇA VAUT LE COUP DE LE RECONTACTER.
ALLÔ ?

C'EST MOI.
LES INFORMATIONS ONT ÉTÉ UTILES.
AH, PARFAIT ! SI VOUS AVEZ D'AUTRES DEMANDES, N'HÉSITEZ PAS !
D'ACCORD... J'AI EU QUELQUES PROBLÈMES AVEC LE GAMIN QUI L'ACCOMPAGNAIT.
« LE GAMIN QUI L'ACCOMPAGNAIT » ... KYEONG-HO LEE ?
TU LE CONNAIS ?
OUI.
JE VAIS M'OCCUPER DE LUI.
씨익
HIN
VRAIMENT ?
EN ÉTANT DANS LE MÊME LYCÉE, TU DOIS POUVOIR INTERVENIR.
FAIS ÇA, JE TE PAIERAI TRIPLE CETTE FOIS.
씨익
HIN HIN !
ENTENDU !
HYEON-SU PARK
JE VOUS RECONTACTE DÈS QUE C'EST FAIT.

Dead
TICKET

SI J'UTILISE LES CAÏDS DEMAIN, ÇA NE POSERA PAS DE PROBLÈME.
JE VAIS DISCRÈTEMENT L'ATTIRER DERRIÈRE L'ÉCOLE.

씨익
HAHAHA!
41 – Le plan
TOUT LE MONDE EST LÀ ?
TOUT TOURNE AUTOUR DE L'ARGENT.
JE L'AI COMPRIS POUR LA PREMIÈRE FOIS EN MARS DERNIER.

QUE VA-T-IL FAIRE, PAUVRE PETIT...
IL N'A PERSONNE POUR S'OCCUPER DE LUI...
PSSST
PSSST
PSSST
PSSST
PSSST
IL DEVRAIT SANS SORTIR AVEC L'HÉRITAGE, NON ?
C'ÉTAIT À LA MORT DE MES PARENTS, LORSQUE J'AI TOUCHÉ L'HÉRITAGE.
À SON ÂGE, C'EST LA FAMILLE QUI COMPTE, PAS L'ARGENT.
J'AURAIS PU LE REFUSER...
MAIS C'ÉTAIT 150 MILLIONS DE WONS* !
*ENVIRON 100 000 EUROS.
HÉ HÉ !
J'AI ACHETÉ TOUTES CES FRINGUES DE LUXE ET IL ME RESTE 130 MILLIONS* ?!
C'EST TROP COOL !
*ENVIRON 90 000 EUROS.
ÊTRE RICHE, C'EST ÊTRE DIEU. L'ARGENT PALLIAIT TOUS MES MANQUES.
IL POUVAIT M'AIDER À FAIRE TOUT CE QUE JE DÉSIRAIS.

TROIS MOIS ONT SUFFI À TOUT DÉPENSER.
MON ARGENT... MON ARGENT... MON ARGENT...
BRRR
MON ARGENT...
OÙ EST MON ARGENT ?
ZIEUTE
NON MAIS JE RÊVE J'AI DÉJÀ TOUT UTILISÉ ?
C'ÉTAIT SI PEU QUE ÇA ?

저벅
TAP
TAP
저벅
저
벅
TAP
TAP
저벅
멈칫
STOP
GUCCI
JE LE VEUX...
스윽
FWIP

휙
FWIP
JE LE VEUX...
SI J'AVAIS EU DE L'ARGENT, JE L'AURAIS TOUT DE SUITE ACHETÉ.
COMMENT EST-CE QUE JE POURRAIS ME REFAIRE DE L'ARGENT RAPIDEMENT...
SI SEULEMENT 150 MILLOINS POUVAIENT TOMBER DU CIEL ENCORE UNE FOIS.
J'EN FERAIS MEILLEUR USAGE...
멈칫
STOP

FWIP
FWIP
JE VOUS ENVIE D'AVOIR AUTANT D'ARGENT.
?
!!
TAP
TA
HÉ ! CONNARD !
TA
TA
TA
TAP
LA SOLUTION EST PLUTÔT SIMPLE.

HÉ...
HÉ...
70... 80...
HÉ...
200 !
HÉ HÉ !
J'AI TROUVÉ COMMENT ME FAIRE DE L'ARGENT.
ET J'AI FAIT N'IMPORTE QUOI POUR EN AVOIR PLUS.
RACKETTER.

VOLER.
CRÉTIN N° 4
17:02
AUJOURD'HUI
FRAUDER.
IL Y A BEAUCOUP DE GENS AVANT MOI QUI PRENNENT DES RÉSERVATIONS ?
OUAIS OUAIS, ILS SONT NOMBREUX, DONC SI VOUS PAYEZ À L'AVANCE, NOUS VOUS ENVERRONS LE PRODUIT DÈS QUE NOUS L'AURONS À NOUVEAU EN STOCK !
JE NE RESSENTAIS AUCUN REMORDS, LE PLUS IMPORTANT ÉTAIT DE POUVOIR RETROUVER MA SITUATION D'AVANT.
MAIS...
CE N'EST PAS SUFFISANT...
PAS DU TOUT...

IL Y A TROP DE FLICS DANS LES QUARTIERS RICHES...
꺄악
ARGH
ET PAS ASSEZ D'ARGENT ICI...
ÇA ME REND FOU !
SOUPE ÉPICÉE
SOUPE DE GRAND
QU'EST-CE QUI RAPPORTERAIT GROS...
SANS ÊTRE DANGEREUX ?
SOUPE DE GRAN
L'UNE DES PLUS POPULAIRES DU LYCÉE...
ATTENDS UNE MINUTE...
CETTE FILLE, C'EST...

*ENVIRON 15 EUROS.

OUI, JE NE PEUX PLUS PAYER MES COURS DE PIANO.
MA PETITE SŒUR AIME VRAIMENT LE PIANO.
ET COMME ELLE N'EST JAMAIS ALLÉE DANS UNE ACADÉMIE…
JE VOUDRAIS LUI OFFRIR CETTE CHANCE.
FAIS-MOI CONFIANCE !
J'AI UNE BONNE IDÉE POUR SE FAIRE DE L'ARGENT.
LAQUELLE ?
TU PENSES VRAIMENT QU'ON PEUT GAGNER DE L'ARGENT EN FAISANT ÇA ?
ABSOLUMENT !
MAIS JE NE SUIS PAS SÛRE QUE ÇA M'AILLE BIEN…

*ENVIRON 50 EUROS.

KING
PLAZA
P
7GO530
ZIEUTE
HIN HIN HIN!
씨익
스윽
FWIP
탁
PAF

J'Y VAIS !
TA
TAP
NAN... ATTENDS !
AH, C'EST VRAI.
STOP
TCHOC
NOUS AVONS EU NOTRE RENDEZ-VOUS ALORS DONNEZ-MOI LES 75 000 WONS*.
*ENVIRON 50 EUROS.
PE DE RIZ
ZIEUTE

미 건ARREAUX
HYEON-SU PARK !
JE TE CHERCHAIS PARTOUT.
AH, J'ÉTAIS OCCUPÉ.
COMMENT ÇA S'EST PASSÉ ?
J'AI L'ARGENT.
MAIS JE TROUVE ÇA UN PEU BIZARRE.
MAIS NON, TOUT LE MONDE LE FAIT.
VRAIMENT ? ALORS JE PEUX TOUT GARDER ?
OUAIS. C'EST À TOI.
FWIP
HUM, MAIS JE ME SENS UN PEU COUPABLE DE TOUT GARDER.
TIENS, VOICI 20 000.

RIZ AUX CALAMARS
J'EN FERAI BON USAGE.
MERCI.
CARREAUX FUTURS
DOCTEUR SHIN-IL
JE T'APPELLERAI SI JE TROUVE UN AUTRE RENDEZ-VOUS, SALUT !
J'Y VAIS, À BIENTÔT !
20 000... C'EST SYMPA.
*ENVIRON 2000 EUROS.
IL A AMENÉ 300 000*.
KEURGH !
CRAC
CRAC
S'IL VOUS PLAÎT...
AHAH ! TU COMPTES FAIRE QUOI AVEC UNE MINEURE POUR CETTE SOMME ? ENFLURE.

TU M'ACHÈTERAS TOUT CE QUE JE VEUX SI JE TE DONNE CHAE-YEON HAN ?
TOUT CE QUE TU VEUX.
TU N'AS QU'À SÉPARER CHAE-YEON ET KYEONG-HO.
MAIS IL NE DOIT Y AVOIR AUCUN TÉMOIN.
ON DOIT DÉTRUIRE TOUTES LES PREUVES POUR QUE LES FLICS NE NOUS TROUVENT PAS.
ET PUIS, CHAE-YEON EST LA FILLE DU PRÉSIDENT DU GROUPE SIAN.
SI LE GROUPE SIAN INTERFÈRE, CE N'EST PAS LA POLICE QUI NOUS ATTRAPERA.
IL FAUT ABSOLUMENT QUE PERSONNE NE SOIT AU COURANT.
NIARK
TOUT LE MONDE PORTERA UN MASQUE.

UNE SEMAINE PLUS TARD.
TIENS ?
SPT
70%
AUJOURD'HUI
J'AI PRESQUE TERMINÉ MON ENQUÊTE MAIS JE DOIS ENCORE VÉRIFIER QUELQUE CHOSE. TU VEUX VENIR AVEC MOI ?
OUI, JE VIENS.
RETROUVE-MOI DEVANT LE LYCÉE APRÈS LES COURS DU SOIR.
LE DÉLÉGUÉ PRINCIPAL M'A DIT QUE SON ENQUÊTE ÉTAIT PRESQUE TERMINÉE.
AH VRAIMENT ? ON A BIEN FAIT D'ATTENDRE.
DÉPÊCHONS-NOUS D'Y ALLER.

TE VOILÀ.
HUM HUM
OH... CETTE FILLE...
TU NE LA CONNAIS PAS ?
JE TE PRÉSENTE LA SŒUR DE HEE-YEON LEE.
RAVI DE FAIRE TA CONNAISSANCE.
TTEOKBOKKI EN FACE DE L'ÉCOLE

LE DÉLÉGUÉ PRINCIPAL A PRESQUE RÉSOLU L'AFFAIRE DE TA SŒUR.
!
ZIEUTE
MERCI BEAUCOUP.
C'EST RIEN. HA HA !
TU AS VRAIMENT RÉSOLU L'AFFAIRE ?
OUAIS, MAIS J'AI ENCORE BESOIN D'UN PEU DE TEMPS.
POUR LE MOMENT, SUIS-MOI.
C'EST SUPER, HEE-JU !
OUI...

LAVERIE
KYEONG-HO...
JE SAIS BIEN QUE TU NE TRAÎNES PAS AVEC CHAE-YEON SANS RAISON.
MAIS TU NE POURRAS PAS FAIRE GRAND-CHOSE AVEC UN SEUL BRAS.

ON EST PRÊTS.
ZIEUTE
FWIP
ALLONS-Y.

Dead
TICKET

TAP
TAP
TAP
QUELLE CHANCE ! GRÂCE AU DÉLÉGUÉ PRINCIPAL, NOUS ALLONS POUVOIR RÉSOUDRE CETTE AFFAIRE MAINTENANT.
OUI !
JE SUIS CERTAINE QUE LE SUICIDE DE MA SŒUR A QUELQUE CHOSE À VOIR AVEC CES VOYOUS.
JE VAIS DÉCOUVRIR CE QU'ILS LUI ONT FAIT POUR LEUR RENDRE LA PAREILLE.
J'ESPÈRE AUSSI QUE ÇA DONNERA QUELQUE CHOSE.
MERCI, CHAE-YEON !
TU RESSEMBLES À MA GRANDE SŒUR.

HAHA !
HAHA !
NE VOUS RÉJOUISSEZ PAS TROP VITE.
?
POURQUOI ?
TU AS DÉJÀ TIRÉ ÇA AU CLAIR, NON ?
OUI, J'AI PRESQUE TOUT DÉCOUVERT.
J'AI DES PREUVES, DES TÉMOINS, ET PRESQUE TOUTES LES RÉPONSES.
MAIS...

NON...
IL VAUT MIEUX QUE VOUS L'ENTENDIEZ DIRECTEMENT DE LA BOUCHE D'UN DES TÉMOINS.
42 - Le coupable
C'EST IMPOSSIBLE...
SPT
Aujourd'hui
ENVOYEZ-MOI UNE PHOTO S'IL VOUS PLAÎT.
Lu.
VOILÀ. UN RENDEZ-VOUS D'UNE JOURNÉE C'EST 150 000 WONS.
Lu.
VOUS ÊTES JOLIE ^^ LE VIREMENT A ÉTÉ FAIT. APELLEZ LE 01 ** ** ** ** **
À CE SOIR, N'EST-CE PAS ?
Lu.

BEN…
C'EST VRAI…
SCRACH
SCRACH
JE VOUS RACONTE SI VOUS PROMETTEZ DE NE RIEN DIRE À MES PARENTS…
TU ES SÛR ?
ON AURAIT PU LUI VOLER UNE PHOTO.
QUOI ?
ZIEUTE
LISEZ LA SUITE…
IL Y A… AUSSI UNE PHOTO QU'ON A PRISE ENSEMBLE…
C'EST UNE PHOTO SYMPA, NON ?
GRÂCE À TOI J'AI VRAIMENT APPRÉCIÉ CE HOMARD.
JE T'EN ACHÈTERAI AUTANT QUE TU LE VOUDRAS, MA YEONI !
HEE-YEON… YEONI…
ET ILS ONT BIEN UNE PHOTO ENSEMBLE…
HUM…

씨익
NIARK
BANDE D'IMBÉCILES...
J'AI FALSIFIÉ LA CONVERSATION POUR EN FAIRE UNE PREUVE.
CE TYPE N'A RIEN À VOIR AVEC CETTE AFFAIRE.
JE SAVAIS QU'IL AVAIT PRIS UNE PHOTO AVEC HEE-YEON. C'ÉTAIT LA POLICE D'ASSURANCE PARFAITE.
D'APRÈS MES RECHERCHES, C'EST LA VÉRITÉ.
MALHEUREUSEMENT, ON PEUT CONCLURE...

QU'ELLE S'EST RAPPROCHÉE DES CAÏDS POUR SE FAIRE DE L'ARGENT.
ELLE A SÛREMENT EU PEUR QUE QUELQU'UN DÉCOUVRE LA VÉRITÉ SUR SES RENDEZ-VOUS ILLÉGAUX... DONC ELLE A SAUTÉ...
VOILÀ POURQUOI LA POLICE A DÛ CLASSER L'AFFAIRE EN SIMPLE SUICIDE.
FINALEMENT, L'ARGENT ÉTAIT LA CAUSE DE LA M...
NON !
HEE... HEE-JU !
HEE-JU...

DONC IL N'Y A AUCUN RAPPORT AVEC LES CAÏDS ?
TAP
TAP
COMMENT JE PEUX AIDER L'ESPRIT ?
SI C'EST ÇA...
POURQUOI N'EST-ELLE PAS ENCORE PASSÉE DE L'AUTRE CÔTÉ ?
JE SUIS DÉSOLÉ QUE ÇA SE TERMINE AINSI.
EN DÉCOUVRANT LA VÉRITÉ, J'AI BEAUCOUP RÉFLÉCHI À COMMENT VOUS L'ANNONCER.
CE N'EST RIEN.
TON AIDE NOUS A FAIT GAGNER BEAUCOUP DE TEMPS.
MERCI DE LE VOIR COMME ÇA.

ARRÊTEZ-VOUS LÀ !
IL PARAÎT...
QUE TU AS MIS UNE RACLÉE À MES POTES.
À TON TOUR.
VOUS ÊTES QUI ?
SI VOUS ÊTES DU LYCÉE, JE VOUS DÉNONCERAI !
C'EST PARTI !

VA TE FAIRE !
ON VA JUSTE RÉÉQUILIBRER LES FRACTURES DE CE CRÉTIN.
KYEONG-HO LEE !
IL Y EN A AUSSI DERRIÈRE !
HYEON-SU, AMÈNE CHAE-YEON EN LIEU SÛR.
ET TOI ALORS ?!
HIN HIN !
QU'EST-CE QUE TU PENSES FAIRE AVEC UN SEUL BRAS ?!

덥석
TCHAC
COMMENÇONS PAR FILER D'ICI !
다다다닥
TA TA TA TAP
SÉRIEUX ?!
ON ABANDONNE KYEONG-HO ?!
FWIP
FWIP

C'EST PAS VRAI...
SNIF
SNIF
CE N'EST PAS LA SŒUR QUE J'AI CONNUE...
SNIF
SNIF
PAPA, ON PEUT MANGER DU CRABE AUJOURD'HUI ?
TAP
TAP
MAMAN EST ALLERGIQUE, ELLE NE POURRA PAS EN MANGER.

TAP
MAIS MOI J'EN VEUX !
ATTENDS UNE SECONDE…
FWIP
C'EST UNE PHOTO SYMPA, NON ?
GRÂCE À TOI J'AI VRAIMENT APPRÉCIÉ CE HOMARD.
NON…
ELLE ÉTAIT POURTANT ALLERGIQUE AUX CRUSTACÉS…
ELLE A VRAIMENT ENVOYÉ ÇA ?
SA FAÇON D'ÉCRIRE AUSSI ÉTAIT ÉTRANGE…

QUELQUE CHOSE NE VA PAS !
타 TA
앗 TAP
JE DOIS RETROUVER CE DÉLÉGUÉ PRINCIPAL !
타 TA
다 TA
다 TA
앗 TAP
다 TA
다 TA
다 TA
앗 TA
ET POUR KYEONG-HO ?!
다 TA
다 TA
앗 TAP
NE T'INQUIÈTE PAS. J'AI ENVOYÉ UN MESSAGE À LA POLICE.
다 TA
다 TA
앗 TAP
CONTENTE-TOI DE COURIR !
J'Y RETOURNERAI DÈS QUE TU SERAS EN LIEU SÛR.
D'A... D'ACCORD.

STOP
ATTENTION NE PAS FRANCHIR ATTENTION NE PAS FRANCHIR
DANGER ! EN CONSTRUCTION ! ENTRÉE INTERDITE
C'EST UN CHANTIER ?
TA TA TAP
C'EST UN RACCOURCI, NE T'EN FAIS PAS !
POURQUOI EST-CE QUE JE SUIS NERVEUSE ?
TOUT ÇA NE SEMBLE PAS NATUREL.
COMMENT NOUS ONT-ILS TROUVÉS ?
COMMENT HYEON-SU EST ENTRÉ EN CONTACT AVEC LE TÉMOIN ?
IL Y A UN TRUC QUI CLOCHE...
ATTENDS, LAISSE-MOI VÉRIFIER QUELQUE CHOSE.
CHAE-YEON HAN

TAC
DESTINATAIRE : 17
AVEZ-VOUS ENVOYÉ...
ESPACE
ARRÊTE DE TRAÎNER ET RENTRE LÀ-DEDANS, PETITE CONNE.
HYEON-SU
CHAE-YEON HAN
TCHAC
BAM
ARGH !

철컥
CLIC
OUVRE-MOI !
쿵
BOUM
쿵
BOUM
쿵
BOUM
C'EST TOI, LE RESPONSABLE DE LA MORT DE HEE-YEON, N'EST-CE PAS ?
쿵
BOUM
OUAIS.
쿵
BOUM
LAISSE-MOI SORTIR !
쿵
BOUM
TU CROIS VRAIMENT POUVOIR ME GARDER ENFERMÉE COMME ÇA ?!
JE VAIS T'ENVOYER DERRIÈRE LES BARREAUX DÈS QUE JE SORTIRAI !
쿵
BOUM
쿵
BOUM
OUVRE CETTE PORTE !
저벅
TAP
저벅

TAP
TAP
STOP
ET MAINTENANT...
JE PEUX APPELER D'ICI ?

*ENVIRON 1 000 EUROS.

*ENVIRON 5 000 EUROS.

SI JE LUI PROPOSE UN MARCHÉ SEUL À SEUL, IL POURRAIT PRENDRE CHAE-YEON ET S'ENFUIR.
ON VA DONC PASSER L'ACCORD AU QG.
ON REÇOIT L'ARGENT, ET ENSUITE JE LUI DIRAI OÙ SE TROUVE CHAE-YEON.
ON A COMBIEN DE PERSONNES DISPONIBLES ?
씨익
NIARK
18 GARS.

HIN HIN !
SÉRIEUX ?
HYEON-SU PARK
ÇA SUFFIRA.
FWIP
NE DONNE PAS LES DÉTAILS AUX GARS.
C'EST UN CRIME, LES FAIBLES POURRAIENT POSER PROBLÈME.
OÙ SONT LES AUTRES ?

QUEL CRIME ?
C'EST BIEN PLUS FACILE QU'AVEC HEE-YEON ET ÇA PAIE BIEN PLUS.
FAIS EN SORTE QUE LE PLAN FONCTIONNE.
?
C'EST QUOI, CE BRUIT ?

BAM
TU AS TOUT ENTENDU ?
SCRRR
BRRR
BRRR

PAF
PAF
PAF
PAF
PAF
PAF
PAF
PAF
FWIP
TU N'AURAIS JAMAIS DÛ ÉCOUTER ÇA...
HYEON-SU PARK

PAF
PAF
PAF
PAF
BOUM
EUHRGH...
AAAH !
DIS-MOI TOUT CE QUE TU SAIS.
ARGH !
JE NE SAIS RIEN DE PLUS... JE T'EN SUPPLIE.
LE PLAN, C'ÉTAIT JUSTE DE RÉCUPÉRER CHAE-YEON HAN... S'IL TE PLAÎT...
OÙ EST HYEON-SU PARK ?

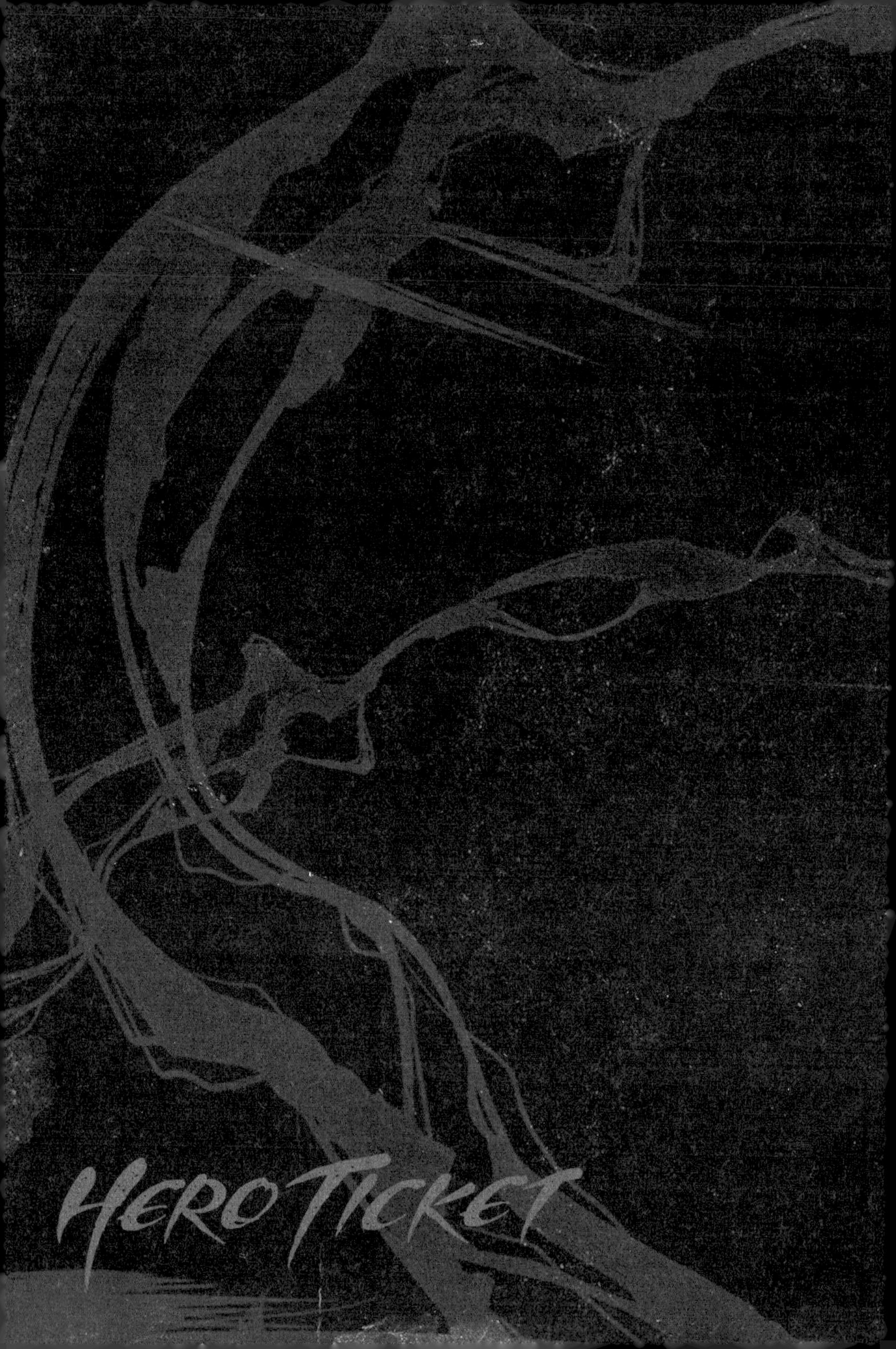
HERO TICKET

Dead
TICKET

HEE-YEON ?
MA SŒUR ADORAIT LE PIANO.
ELLE ÉTAIT TRÈS SOLITAIRE ET PASSAIT SON TEMPS À EN JOUER.
JE CROYAIS QUE C'ÉTAIT TOUTE SA VIE...
JE ME SOUVIENS QU'UN JOUR JE ME SUIS ENFUIE DE LA MAISON...
ELLE S'EST MISE EN COLÈRE PARCE QU'À CAUSE DE MOI ELLE N'A PAS PU ASSISTER À UN CONCERT QU'ELLE ATTENDAIT DEPUIS LONGTEMPS...

43 - Cinq minutes

HYEON-SU, FAIS GAFFE.
HEIN ?
TU ES L'ENNEMI DE MA SŒUR !
BAM
빠
악
KEURGH !

PAF
PAF
PAF
PAF
PAF
PAF
HÉ HÉ HÉ !
ㅋㅋㅋ
HA HA HA !
ㅋㅋㅋ
ㅋㅋ
HÉ HÉ HÉ !
ㅋ
PAF
ㅋㅋㅋ ㅋㅋㅋ ㅋ
HA HA HA !
HÉ HÉ HÉ ! ㅋㅋ
ㅋㅋㅋ
HA HA HA !
ㅋㅋㅋ
HÉ HÉ HÉ !

SALAUD...
J'EN ÉTAIS SÛRE ! VOUS ÊTES LIÉS À LA MORT DE MA SŒUR !
VOUS VERREZ...
QUAND JE SORTIRAI D'ICI, JE VOUS DÉNONCERAI...
JE ME SOUVIENDRAI DE CHACUN D'ENTRE VOUS...
ET JE RACONTERAI TOUT ! VOUS NE PAYEZ RIEN POUR ATTENDRE.
NOUS DÉNONCER ?
SCRACH
SCRACH
SI TU FAIS ÇA, CE SERA UN VRAI PROBLÈME...
ON VA DONC AUSSI DEVOIR S'OCCUPER DE TON ACCIDENT...

QUOI ?
JE L'AI DÉJÀ FAIT AVEC TA SŒUR, ET ÇA A FONCTIONNÉ.
DONC TU N'ES PAS JUSTE EN LIEN AVEC L'ACCIDENT...
TU L'AS...
OUAIP, JE L'AI BUTÉE.
CRAC

TA
TAP
?
GNAP
PAF
PAF
LÂCHE-MOI !
PAF
PAF

LAISSE-MOI !
PAF
PAF
PAF
DÉGAGE DE LÀ !
T'ES COMPLÈTEMENT MALADE ?!
PAF
PAF
PAF
LÂCHE-MOI !
JE T'AI DIT...
BIM
DE ME LÂCHER !

FRSH
CLAC
CLAC
CLAC
CLAC
PETITE CONNE !
CLAC
CLAC
CLAC
SBLAF

POURQUOI TU AS FAIT ÇA À MA SŒUR...
TU AS AUSSI MENTI AU SUJET DES MESSAGES.
MAIS POURQUOI MA SŒUR...
HEE-YEON ?
TU PENSES VRAIMENT QUE LES MESSAGES SONT FAUX ?

TIENS, REGARDE.
J'AI BIEN FALSIFIÉ LA DISCUSSION, MAIS...
ELLE SE FAISAIT VRAIMENT DU FRIC AVEC DES RENDEZ-VOUS !

SI TU NE ME CROIS PAS, VOICI LES PREUVES.
REGARDE DE TES PROPRES YEUX.
ELLE ÉTAIT VRAIMENT DINGUE DE PIANO.
ELLE ÉTAIT SI NAÏVE QU'ELLE NE COMPRENAIT RIEN À CE QU'IL SE PASSAIT.
ELLE NE FAISAIT QUE JOUER DU PIANO ET N'AVAIT MÊME PAS D'AMI, HEIN ?
QUAND ELLE A VOULU TOUT ARRÊTER, JE LUI AI DIT QUE JE FERAIS EN SORTE QU'ELLE NE PUISSE PLUS JAMAIS JOUER.
HYEON-SU PARK

씨익
NIARK
JE NE POUVAIS PAS ME PERMETTRE DE PERDRE DE L'ARGENT, N'EST-CE PAS ?
JE VOIS...
MAIS ALORS...
GNNN
POURQUOI MA SŒUR EST-ELLE MORTE ?
POURQUOI ?
MOI AUSSI ÇA M'A EMBÊTÉ À CE MOMENT-LÀ.
HYEON-SU PARK
ELLE SEMBLAIT L'AVOIR BIEN PRIS QUAND JE LUI AI DIT QUE JE NE LA LAISSERAIS PLUS JOUER DU PIANO...

MAIS TOUT D'UN COUP ELLE S'EST JETÉE SUR MOI.
JE LUI AI JUSTE PROPOSÉ D'UTILISER AUSSI SA SŒUR...
ET ELLE EST DEVENUE FOLLE.
SA MORT...
N'ÉTAIT QU'UN ACCIDENT.
AH, ET PUIS...
짝
TCHAC
HYEON-SU PARK
ELLE VOULAIT T'ENVOYER À L'ACADÉMIE DE PIANO.

FRANCHEMENT, QUELLE PAUVRE FILLE...
덥썩
TCHAC
RAMÈNE-LA !
OUIN !

RENDS-LA-MOI !
RENDS-MOI MA SOEUR !
TU VAS LA FERMER, OUI ?
BOUM
FWIP

SI ELLE TE MANQUE À CE POINT, VA DONC LA RETROUVER.
PAF
FWIP

JE VIENS CHERCHER CHAE-YEON.

COMMENT TU AS PU...
T'AS PAS BESOIN DE SAVOIR.
AVANT DE RETROUVER CHAE-YEON, J'AI UNE AFFAIRE À RÉGLER ICI.
UNE AFFAIRE ?
DE QUOI TU PARLES ?
FWIP
MESSAGE VOCAL
SA MORT N'ÉTAIT QU'UN ACCIDENT.
BIEN...
LA QUALITÉ EST BONNE.

빅 BIP
빅 BIP
빅 BIP
빅 BIP
하 아 BLA BLA...
하 BLA BLA BLA BLA BLA BLA
SEUL AVEC UN BRAS EN MOINS CONTRE DIX-HUIT GARS !
ㅋㅋㅋ HA HA HA !
ㅋㅋㅋ HÉ HÉ HÉ !
ㅋㅋㅋ HÉ HÉ HÉ !
ㅋㅋ HA HA !
IL EST MALADE ! HAHAHA !

FWIP
FERMEZ LA PORTE POUR QU'IL NE PUISSE PAS S'ENFUIR.
C'EST FAIT ! HÉHÉ !
타앙
CLANG

TU T'APPELLES KYEONG-HO LEE, C'EST ÇA ?
TU CROYAIS QUE L'ENREGISTREMENT RÉSOUDRAIT LE PROBLÈME ?
NE PERDS PAS TON TEMPS...
BAM
BOUM

JE N'AIME PAS ME MÊLER DES AFFAIRES DES AUTRES...
MAIS PERDRE SA FAMILLE N'EST PAS UNE SIMPLE AFFAIRE.
ㅋㅋㅋ
HAHAHA !
SA FAMILLE ?
HA HA HA !
ㅋㅋㅋ
DE QUOI IL PARLE, CET IDIOT ?
CETTE POSITION, C'EST...
LE KYOKUSHINKAI...
FWIP
TANG

J'AI DÉCHIRÉ LE TICKET À 19 HEURES...
저벅
TAP
TAP
저벅
IL EST 19 HEURES 55...
D'APRÈS LE DOCTEUR, JE DOIS ENCORE ATTENDRE TROIS JOURS.
스윽
FWIP
MASUTATSU ÔYAMA
1923-1994
FONDATEUR DU KARATÉ KYOKUSHINKAI
JE VAIS TOUS VOUS DÉMEMBRER EN CINQ MINUTES !

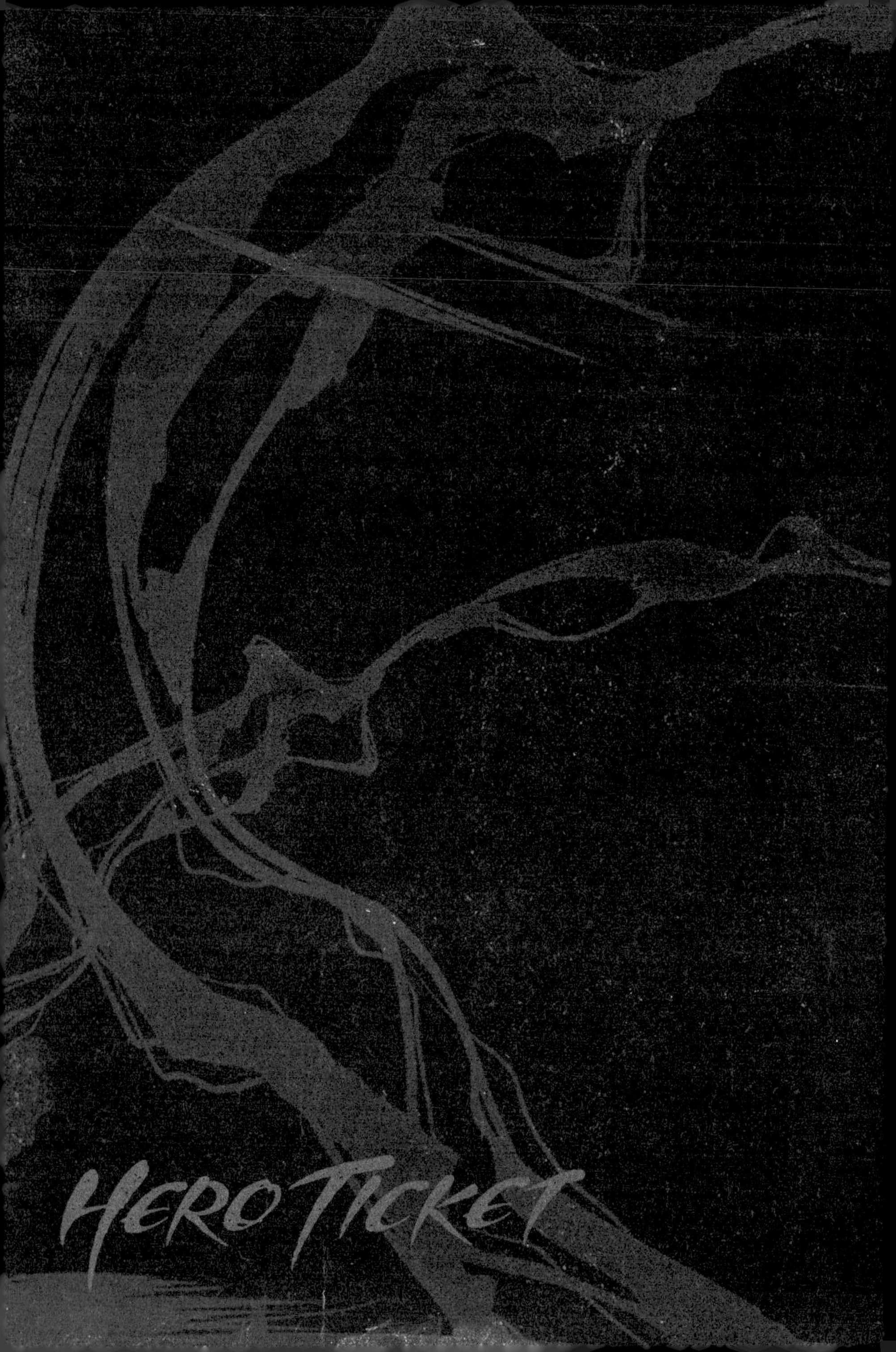
HERO TICKET

Dead
TICKET

PSSST
PSSST
PSSST
PSSST
En plus de Jin-Oh Cheon, un autre élève de seconde attire beaucoup l'attention au lycée.
NIOM
NIOM
Taille : 1 m 97
Poids : 90 kg
Spécialité : la boxe
Le deuxième meilleur de l'école... Pyeong-Yoon Lee.
44 – Le fondateur du Karaté Kyokushinkai
TAP
C'est un bon combattant mais il est surtout très violent.
TCHAC
Il suffit de l'effleurer pour qu'il s'en prenne à quelqu'un. C'est pour ça que tout le monde le craint.
Mais...

PAF
PAF
PAF
C'EST PAS VRAI...
PAF
PAF
IL RETIENT SES COUPS, NON ?
BAM
L'ÉCART ENTRE PYEONG-YOON ET LE NOUVEAU...
EST INIMAGINABLE.

퍽
PAF
퍽
PAF
퍽
PAF
퍽
PAF
퍽
PAF
CE QUI SE PASSE DEVANT NOUS
EST ABSOLUMENT INCROYABLE.
VLAN

BAM
털썩
SBAF
TAP

BOUM
PSSST
웅성
PSSST
웅성
PSSST
웅성
PYEONG-YOON N'A MÊME PAS PU LE TOUCHER...
LE NOUVEAU ÉTAIT AUSSI FORT ?
PAS LA PEINE DE PANIQUER, ON EST 18.

C'EST CLAIR ! C'EST STUPIDE DE FLIPPER.
Y A QUE JIN-OH QUI POURRAIT S'EN SORTIR CONTRE AUTANT DE PERSONNES.
PAS DE QUOI S'INQUIÉTER, HEIN ?
FWIP
TABASSEZ-LE.
TA
TA
TAP
TA
TA
TA
TA
TAP
YAAAH !

TCHA
FWIP
BAAM
ARGH !
TCHAC
BAAMM

BIM
BOUM
BAAM
KEURGH !
SHIOUUU

BAAM
EURGH !
PAF
PAF
PAF
ARGH !
PAF
PAF
PAF
PAF
PAF
PAF
PAF
PLAF
BAM

BOUM
BOUM
TA TA TAP
IL N'UTILISE PAS SON BRAS DROIT ! C'ÉTAIT DU BLUFF !
VISEZ SA DROITE !
TA TA TAP

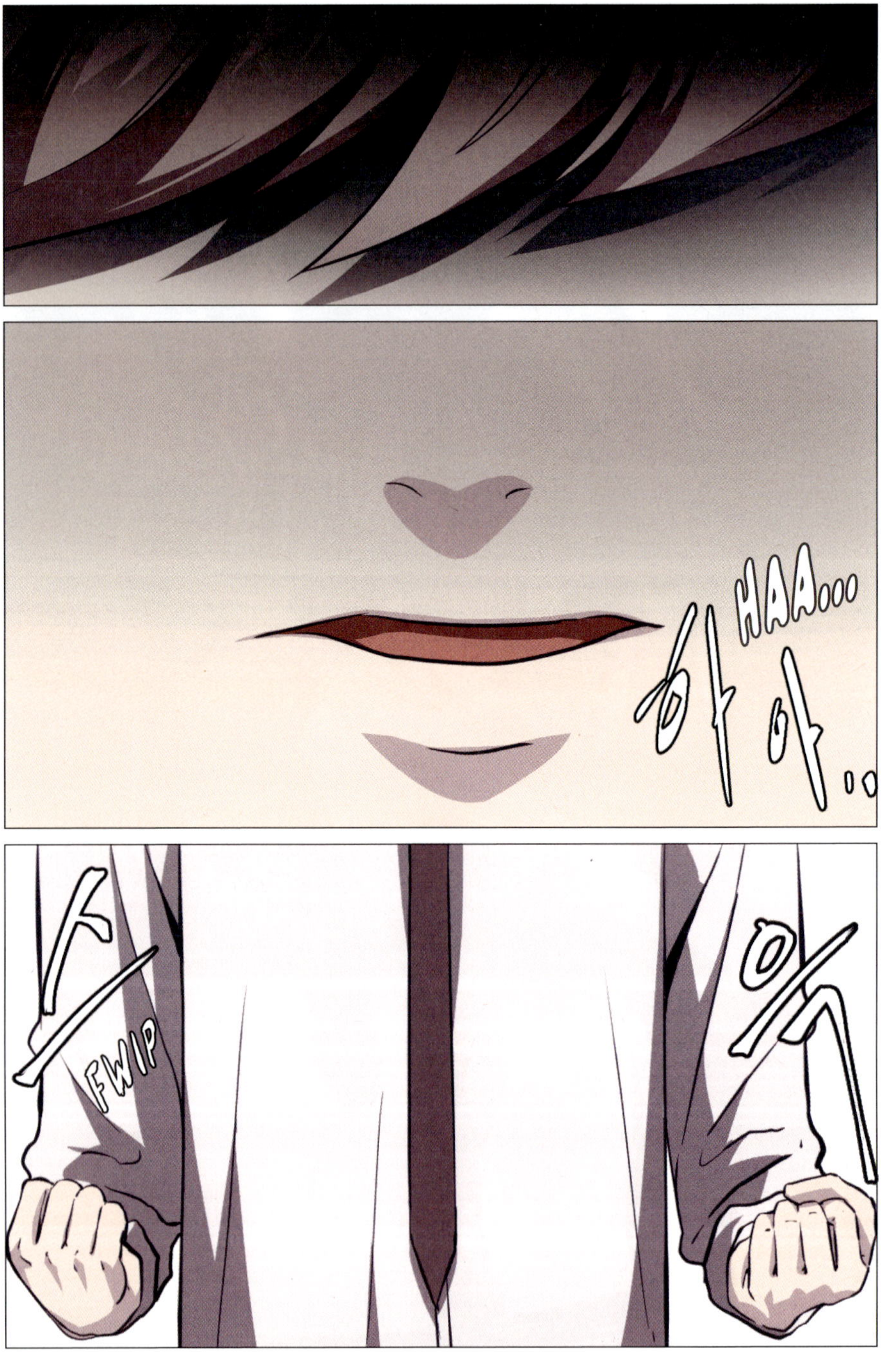
하아..
HAA...
스 윽
FWIP

POURQUOI TU AS CASSÉ TON PLÂTRE SI TU NE COMPTAIS PAS TE SERVIR DE TON BRAS ?!
TAAP
STOP
COUP DE POING DIRECT DU KARATÉ...
KYOKUSHINKAI !
BAAM
BOUM
PLAF

CINQ PERSONNES D'UN SEUL COUP...
QU'EST-CE QUE VOUS FAITES, BANDE D'IDIOTS ?!
À VOUS TOUS VOUS NE POUVEZ RIEN FAIRE CONTRE LUI SEUL ?
ATTRAPEZ-LE ET RÉCUPÉREZ CET ENREGISTREUR IMMÉDIATEMENT !

VAS-Y TOI !
ME POUSSE PAS !
TOI AUSSI TU L'AS VU VOLER !
JE VEUX PAS MOURIR...
BANDE DE CRÉTINS INUTILES...
GNN NN
ET JIN-OH ?
FWIP
EST-CE QU'IL EST EN COLÈRE PARCE QU'ON PERD DU TEMPS ?
NON, IL A L'AIR D'EN AVOIR RIEN À FAIRE.
SCRACH
SCRACH
HEUREUSEMENT !
J'AI PAS TOUT MON TEMPS.
SI VOUS NE VENEZ PAS, J'ARRIVE.

QUOI ?
TAP
ARGH !
COMMENT UN LYCÉEN PEUT FAIRE ÇA ?
ENFOIRÉ ! ARGH !
EURGH !
J'Y COMPRENDS PLUS RIEN.

IL EST PEUT-ÊTRE DU MÊME NIVEAU QUE JIN-OH...
BOUM

BAAM
BAAM
PAF

PAF
힐끔
ZIEUTE
PI... PITIÉ.
BAM

CE QU'IL SE PASSE EST INCOMPRÉHENSIBLE.
JE SUIS FORCÉ DE ME RÉSOUDRE À ACCEPTER...
PAF
PAF
PAF
PAF
PAF
PAF

MA JAMBE...
ARGHH
PAF
PAF
BRRR
PAF
BRRR
AAAHH...
PAF
PAF
AAHH...
AR RG GH
EURGH
BRRR
BRRR
PITIÉ...
AAAAHH
AÏÏE...
QUE MON TOUR EST ARRIVÉ.

퍽 PAF
퍽 PAF
퍽 PAF
퍽 PAF
퍽 PAF
퍽 PAF
퍽 PAF
퍽 PAF
TCHAC
ÇA SUFFIT, NON ?

JE NE PENSE PAS QUE TU AIES APPRIS ÇA EN 2 SEMAINES.
TU AS VOLONTAIREMENT CACHÉ TES TALENTS ?
JIN-OH INTERVIENT !
IL NE PEUT RIEN FAIRE CONTRE LUI. IL S'ENTRAÎNE AU KARATÉ AVEC SON PÈRE DEPUIS 10 ANS.
MALGRÉ TOUT, TU RESTES UN DÉBUTANT.
CRAC
ALORS, EN TANT QUE SENIOR…

CRAC
뚜둑
CRAC
뚜둑
JE VAIS ENCORE UNE FOIS TE DONNER UNE LEÇON.

LE COUP DE POING DIRECT...
BAM
DU KARATÉ KYOKUSHINKAI.

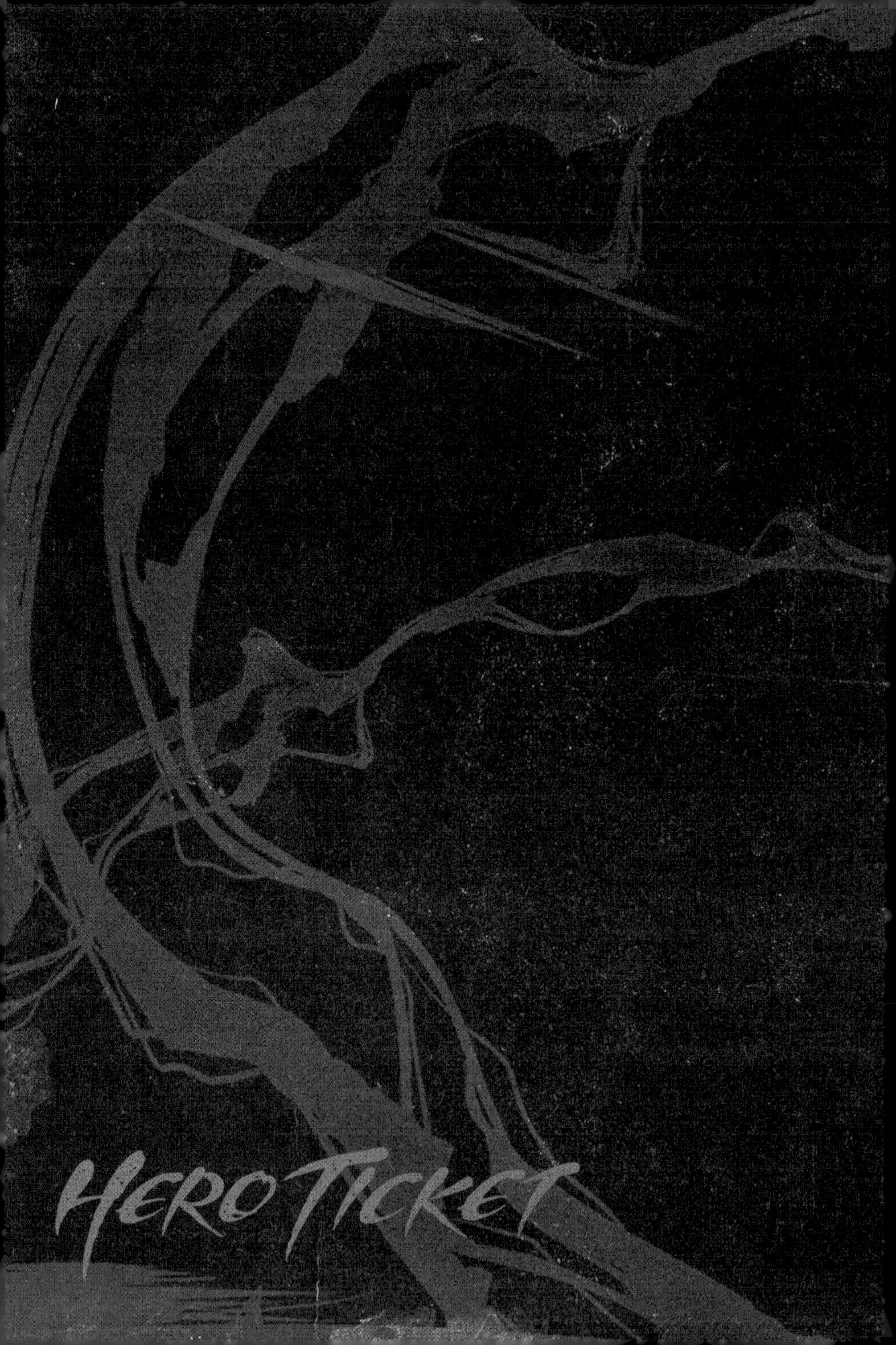
HERO TICKET

Dead
TICKET

45 - Dépassement de soi

BRRR
EURGH
ARGH
URGH
C'EST... C'EST QUOI, CE BORDEL ?
QU'EST-CE QUE C'ÉTAIT ?
BRRR
BRRR
BAM

ARGH !
PAF
PAF
PAF
PAF
PAF
PAF
PAF
PAF
PAF
AT... ATTENDS...
BAAM

퍼억
BAAM
팍
PAF
퍽
PAF
팍
PAF
SHIOUUU
FWIIP
ÇA FAIT DÉJÀ UNE HEURE...

COMMENT VAINCRE UN KARATÉKA PROFESSIONNEL ?
GLOUPS
QUELQUES SEMAINES D'ENTRAÎNEMENT NE SUFFIRONT PAS À BATTRE UN ADVERSAIRE AVEC DIX ANS D'EXPÉRIENCE.
MAIS...
SI TU TROUVES TON RYTHME, TU AS UNE CHANCE.

PAF
JE DOIS CONTINUER À LE FRAPPER !
PAF
J'AI ENCORE...
UNE CHANCE !
PAF
CONTINUE !
PAF
PAF
CONTINUE !
TICH
MINCE, LA DOULEUR REVIENT DANS MA MAIN DROITE !
PAS LE TEMPS D'Y PENSER !
SCRRRR

TAM
C'EST MAINTENANT OU JAMAIS !
JIN-OH EST EN TRAIN DE PERDRE ?
JE NE L'AVAIS JAMAIS VU SE FAIRE BATTRE AVANT...
CE MONSTRE DE JIN-OH PERD VRAIMENT CONTRE LE NOUVEAU ?
ARGH !
EST-CE QUE... JE DEVRAIS M'ENFUIR ?
PAF
PAF
PAF

TATATAP
다다다
BOUM
VLAN
JE DOIS EN FINIR AU PLUS VITE !
LUI NON PLUS N'EST PAS UN LYCÉEN COMME LES AUTRES.
PAF
PAF
PAF
PAF
MÊME SOUS UNE PLUIE DE COUPS, IL RÉUSSIT À PARER.
JIN-OH CHEON FAIT AUSSI PARTIE DU GROUPE DE HYEON-SU ?
OUI, C'EST UN KARATÉKA. FAIS ATTENTION.

IL EST VRAIMENT DOUÉ.
SON PÈRE EST UN GRAND MAÎTRE DE KARATÉ.
DEPUIS TOUT PETIT, IL PREND DES COUPS PAR SON PÈRE. LA PLUPART DES ATTAQUES NE FONCTIONNENT PAS SUR LUI.
IL PEUT MÊME BRISER UNE BATTE JUSTE EN PARANT L'ATTAQUE.
DANS CE CAS, LE SEUL MOYEN DE BRISER SA DÉFENSE...
PAF
PAF
PAF
C'EST À CET ENDROIT !
FWIP
LE COUP DE POING SANS RECUL...

NE ME DIS PAS QUE...
TAC
TAC
C'EST DANGEREUX !
NON...
TCHAC

TAM
BOUM
SHLAAF
HAA
HAA
ARGH
IL VISAIT LE MÊME POINT QUE TOUT À L'HEURE.
BRRR
BRRR
TAP
C'ÉTAIT LE COUP DE POING SANS RECUL ?
S'IL M'AVAIT TOUCHÉ, J'AURAIS PRIS CHER.

JE DOIS ME RESSAISIR.
SA FORCE M'A CHOQUÉ, MAIS...
INITIALEMENT, SA PUISSANCE ÉTAIT...
QUELQUE CHOSE A CHANGÉ.
ON DIRAIT UNE TOUT AUTRE PERSONNE.
SUPÉRIEURE À CELLE DE MON PÈRE.

MAIS DEPUIS CE MOMENT-LÀ...
ON DIRAIT UNE PÂLE COPIE DE KARATÉ.
COMME LA DERNIÈRE FOIS.
DIS-MOI...
FWIP
?
QUI T'A APPRIS LE KARATÉ ?
...

JE NE L'AI PAS APPRIS.
VRAIMENT ?
FWIIP
LES AUTRES ÉTAIENT DONC SIMPLEMENT FAIBLES...
EN MÊME TEMPS... CES TYPES PLEURENT DÈS QU'ON LES TOUCHE. MOI AUSSI, JE PEUX LES FINIR EN UN COUP.

SON PREMIER COUP DE POING DIRECT N'ÉTAIT SÛREMENT QU'UN COUP DE CHANCE.
ÇA M'A PRIS AU DÉPOURVU.
MAIS MAINTENANT J'EN SUIS SÛR...
C'EST JUSTE UN DÉBUTANT.
FWIP
ARRÊTE DE FAIRE SEMBLANT ET ENTRAÎNE-TOI.
QUOI ?

TAC 타
약
TU AS RÉUSSI QUELQUES COUPS ET TU PENSES ÊTRE BON ?
탐 TAM
약
ARGH !

PLAF
SOUVENT, LES IDIOTS INTERPRÈTENT MAL MON CONSEIL.
« ARRÊTE DE FAIRE SEMBLANT ET ENTRAÎNE-TOI. »
BRR
BRRRR
ÇA NE VEUT PAS DIRE FAIRE CE GENRE D'EFFORTS.
CEUX COMME TOI QUI N'ONT AUCUN TALENT...

DOIVENT TROUVER UNE AUTRE FAÇON DE SURVIVRE.
TAM
PAF
PAF
TU DEVRAIS SAVOIR QUELLE EST TA PLACE !
PAF
PAF
PAF
TU DEVRAIS CONNAÎTRE TON NIVEAU !
Soupreme
TU CONNAIS CETTE MAXIME DE SOCRATE ?
PAF
PAF
PAF
CONNAIS-TOI TOI-MÊME, PUTAIN !

ARRÊTE DE FAIRE SEMBLANT ET ACCEPTE TA PLACE !
PAF
PAF
PAF
PAF
ENTRAÎNE-TOI À RAMPER !
T'AS COMPRIS ?!
PAF
PAF
ESPÈCE DE DÉBILE !
PAF
PAF
PAF
ÇA M'AURAIT ÉTONNÉ QU'IL DONNE UN VRAI CONSEIL...
SCRRRR
JE POURRAIS UTILISER UN TICKET TOUT DE SUITE...
ET LE FAIRE RAMPER AU SOL.

MAIS…
T'AS FAIM ? MANGE LA MIENNE AUSSI !
ㅋㅋㅋ
HA HA HA !
TOC
HA HA HA !
ㅋㅋㅋ
TOC
10점
10 POINTS
10점
10 POINTS
TOC
TOC
ㅋㅋㅋ
HA HA HA !
HA HA HA !
ㅋㅋㅋ
5점
5 POINTS
HA HA !
ㅋㅋ
HA HA HA !
ㅋㅋㅋ
HA HA HA !
ㅋㅋㅋ
LÂCHEZ-MOI !
HA HA HA !
ㅋㅋㅋ
HA HA HA !
ㅋㅋㅋ
HA HA !
ㅋㅋ
HA HA !
ㅋㅋ
HA HA HA !
ㅋㅋㅋ

DE TOUTE FAÇON, QUI FRAPPE ET QUI EST FRAPPÉ, C'EST ÉCRIT À L'AVANCE.
APPRENDS À VIVRE À TON NIVEAU !
GRRRR
NON.

*TECHNIQUE DE BOXE QUI CONSISTE À ROULER SON ÉPAULE EN SUIVANT LE MOUVEMENT DE SON POING.

CRAAC

JE GAGNERAI SEUL !

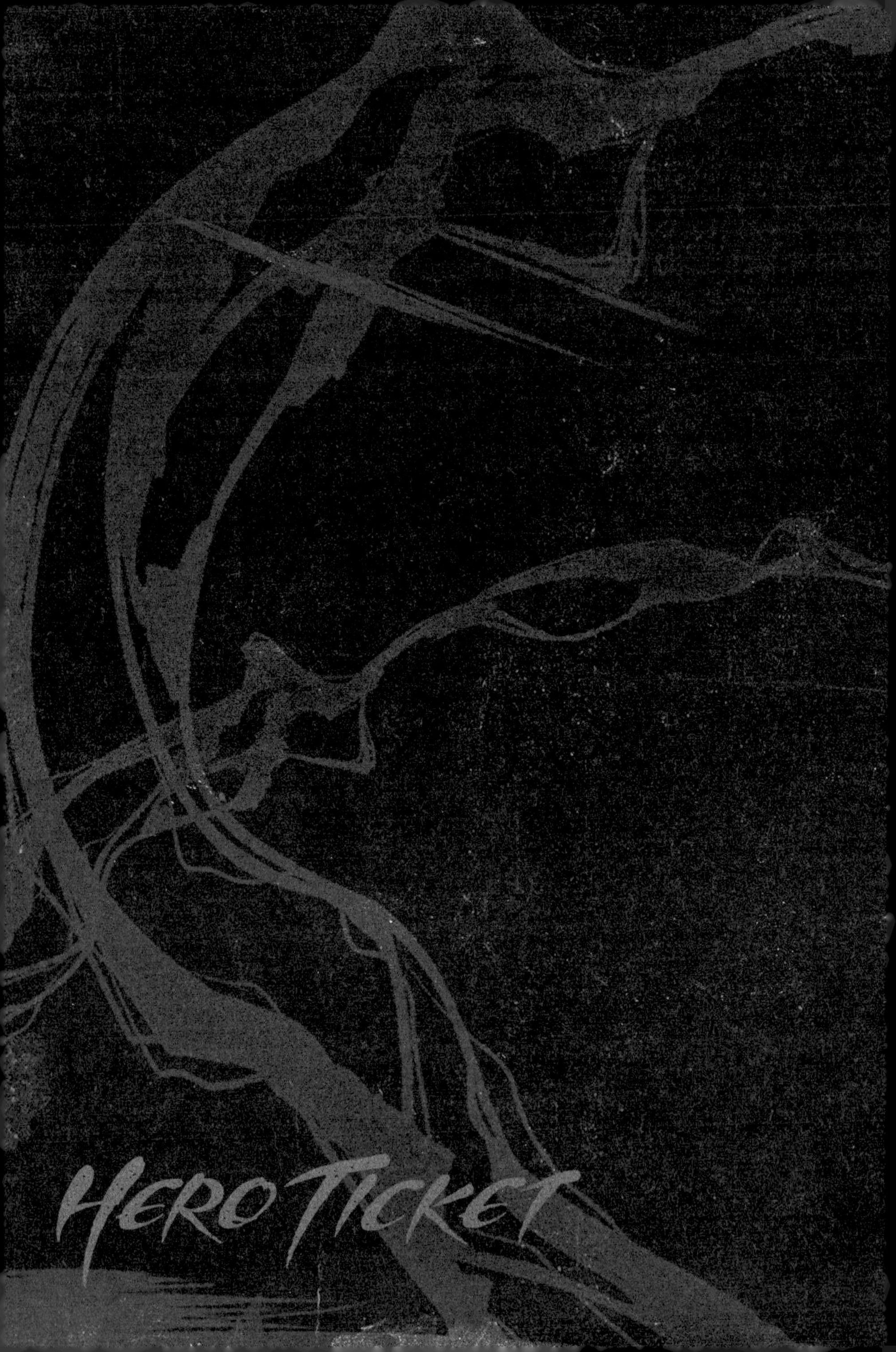
HERO TICKET

Dead
TICKET

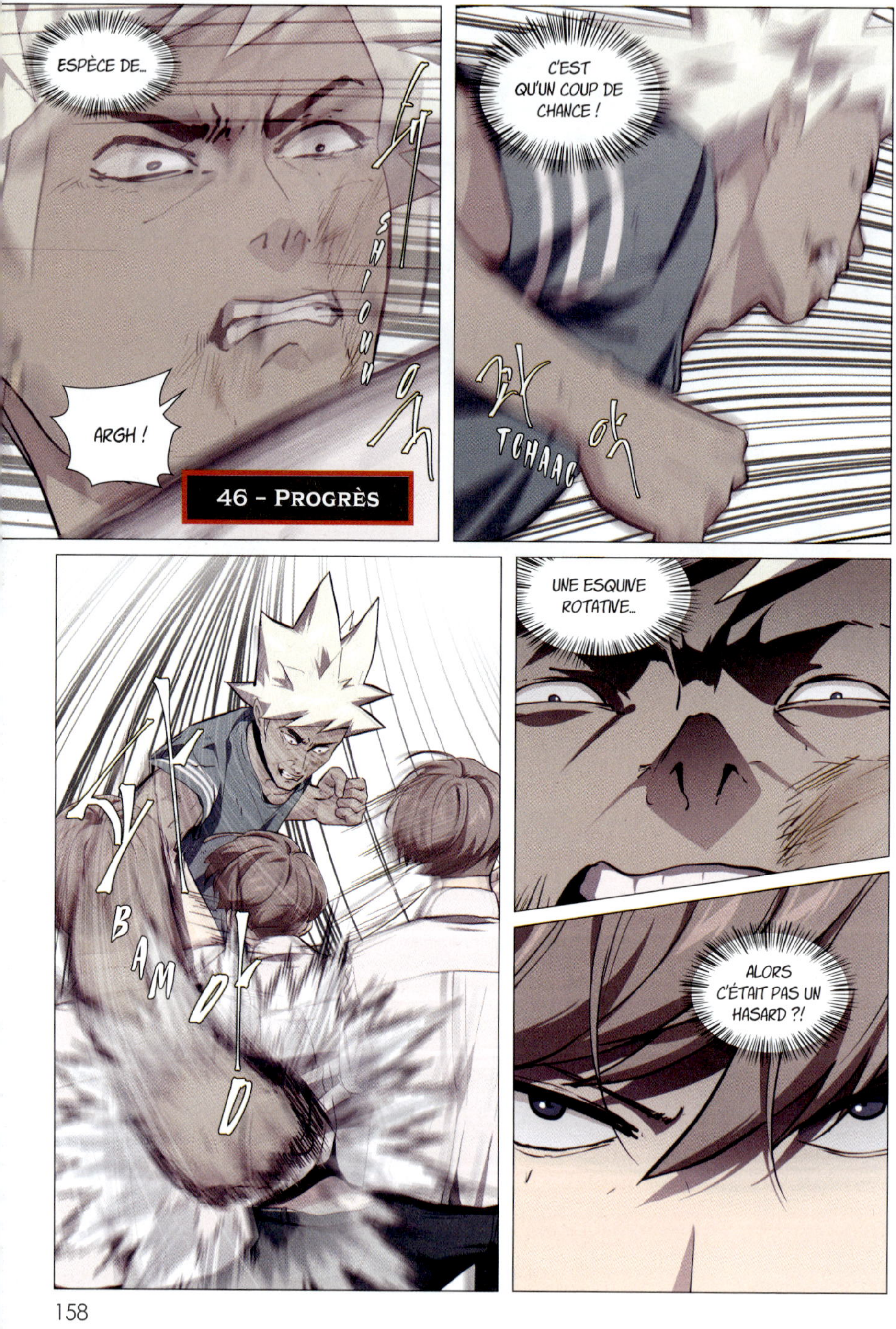
ESPÈCE DE...
SHIOUUU
ARGH !
46 - Progrès
C'EST QU'UN COUP DE CHANCE !
TCHAAC
BAM
UNE ESQUIVE ROTATIVE...
ALORS C'ÉTAIT PAS UN HASARD ?!

SOIS PLUS RAPIDE, PLUS TRANCHANT, PLUS PRÉCIS !
C'EST ÇA QUE TU APPELLES UN ENTRAÎNEMENT ?!
KYEONG-HO !
VIOU
524... 525...
TU PENSES POUVOIR PROTÉGER MADEMOISELLE AVEC DES COMPÉTENCES SI LIMITÉES ?
PLIE LES JAMBES ET TENDS PLUS LES BRAS...
COMPRIS !
VIOU
528... 529 !
HAA... IL N'A PAS LES BASES ET AUCUN TALENT POUR L'ÉPÉE NON PLUS.
SHLAF
QU'EST-CE QUE JE PEUX LUI ENSEIGNER ?
CHEF !
JE PEUX VOUS EMPRUNTER KYEONG-HO POUR UN SPARRING ?
JE VAIS VOUS LE RÉVEILLER.
UN « SPARRING » ? QU'EST-CE QUE C'EST ?
VIOU
BIEN SÛR, ALLEZ-Y.
METS ÇA ET MONTE VITE.
TAC
OUI, OUI !
DES GANTS ?

JE NE PEUX PAS RELÂCHER MA VIGILANCE À CAUSE DE CE TATOUAGE DE SERPENT.
하아
HAA...
MADEMOISELLE NE SORTIRAIT PAS DU LYCÉE, MAIS...
SI UN ENNEMI S'EN PREND À ELLE, IL NE TIENDRA PAS 10 SECONDES.
C'EST TON PREMIER SPARRING ?
OUI...
TU ES TROP FAIBLE, TU CONNAIS MÊME PAS LES BASES...
PAS DANS CET ÉTAT.
MÊME POUR ÇA.
C'EST SANS ESPOIR...
IL NE SAIT VRAIMENT RIEN FAIRE...
BIEN, FAIS COMME MOI.
PEUT-ÊTRE QUE MES ATTENTES ÉTAIENT TROP HAUTES POUR UN SIMPLE LYCÉEN...
HEIN ?
...
FWIP
OUAIS... C'EST ÇA, COMME ÇA !

TU ES PLUTÔT DOUÉ POUR IMITER !
FWIP
FWIP
FWIP
FWIP
TA POSTURE EST CORRECTE AUSSI !
C'EST ÇA !
SHIOU
SHIOU
GRÂCE AU CHEF D'ÉQUIPE, J'AI TROUVÉ MON STYLE DE BOXE.
PAF
PAF
JE N'AI MÊME PAS À ESQUIVER LES PETITES ATTAQUES.
JE DOIS UTILISER MES ÉPAULES.
PAF
PAF
SAUF POUR LES ATTAQUES PLUS FORTES.
À L'INVERSE DE L'OUT-BOXING...
ENFOIRÉ !
JE DOIS ME BATTRE COMME UN ESSAIMEUR, AU CORPS À CORPS.

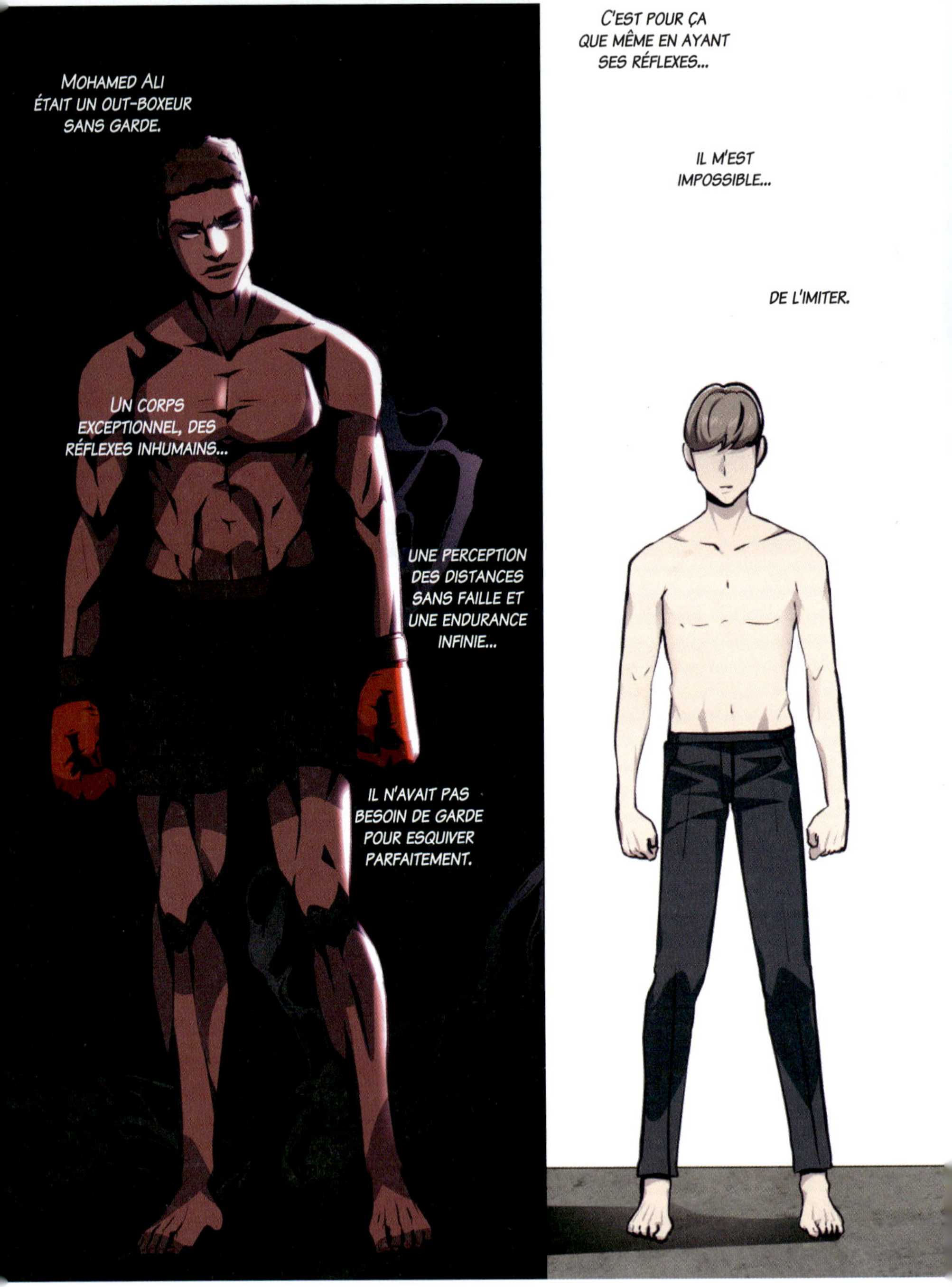
MOHAMED ALI ÉTAIT UN OUT-BOXEUR SANS GARDE.
UN CORPS EXCEPTIONNEL, DES RÉFLEXES INHUMAINS...
UNE PERCEPTION DES DISTANCES SANS FAILLE ET UNE ENDURANCE INFINIE...
IL N'AVAIT PAS BESOIN DE GARDE POUR ESQUIVER PARFAITEMENT.
C'EST POUR ÇA QUE MÊME EN AYANT SES RÉFLEXES...
IL M'EST IMPOSSIBLE...
DE L'IMITER.

JE NE DOIS PAS LE COPIER SANS RÉFLÉCHIR…
PAF
PAF
PAF
IL FAUT QUE JE ME CONCENTRE SUR MOI-MÊME !
OUAAAAH !
SHIOU
J'AI LE PROFIL D'UN ESSAIMEUR !
PAM
MAIS ÇA NE VEUT PAS DIRE…
QUE JE VAIS PRENDRE L'AVANTAGE SUR JIN-OH.
C'EST D'AILLEURS BIEN PLUS DÉSAVANTAGEUX, JE RISQUE DE PERDRE.
FWIP
J'AI ATTEINT LES LIMITES DE MON ENDURANCE. CHAQUE COUP ME FAIT MAL.

AU POINT OÙ J'EN SUIS, JE DOIS ME CONTENTER D'UNE GROSSE ATTAQUE.
IL PROTÈGE SON ABDOMEN.
SI JE VEUX EN FINIR D'UN SEUL COUP, JE DOIS MAINTENIR MA POSITION...
MON COUP DE POING DE TOUT À L'HEURE A BIEN FONCTIONNÉ.
SHIOU
SHIOU
IL DÉCOUVRE SON VISAGE QUAND IL ATTAQUE POUR GARDER SON VENTRE.
SHIOU
ET ATTENDRE SON ATTAQUE.
ALLEZ...
BAM
TOMBE !

TCHAAAAAC
JE DOIS RÉSISTER !
HAAA...
HAAA...
GNNN
KYEONG-HO !
TAC

PAF
PAF
ÇA FAIT 10 ANS ! 10 ANS !
TU NE POURRAS JAMAIS RATTRAPER CETTE DIFFÉRENCE AVEC QUELQUES SEMAINES D'ENTRAÎNEMENT !
PAF
PAF
IL A RAISON.
MALGRÉ LES RÉFLEXES DE MOHAMED ALI, JE NE PEUX PAS L'ÉGALER AUSSI VITE.
DONC SI J'ARRIVE À ESQUIVER SES COUPS...
PAF
PAF
PAF
PAF
C'EST PARCE QU'IL S'AFFAIBLIT !

PAF
PAF
SHIOU
SHIOU
PAF
C'EST QUOI, CE BORDEL ?
PAF
PAF
QU'EST-CE QU'IL SE PASSE ?
MAIS POURQUOI…

PAF
PAF
POURQUOI TU NE TOMBES PAS ?
SON COUP DE TOUT À L'HEURE ME FAIT ENCORE MAL. MON CORPS NE BOUGE PLUS CORRECTEMENT.
PAF
PAF
PERSONNE DE MON ÂGE N'AVAIT RÉUSSI À ÉVITER MES COUPS JUSQU'À PRÉSENT.
J'ÉTAIS MÊME CERTAIN QUE ÇA N'ARRIVERAIT JAMAIS.
MA VITESSE DE RÉACTION, MA FORCE, MA MORPHOLOGIE, MON TALENT... TOUTES CES CHOSES, JE SUIS NÉ AVEC.
JE PENSAIS AVOIR ÉTÉ CHOISI.
LE SEUL...
PARMI LES GENS NORMAUX.

MAIS...
JE ME RETROUVE FACE À UN HOMME QUE JE N'ARRIVE PAS À BRISER.
DANS CE CAS...
HUMPFF
COUP DE POING...
JE VAIS DÉTRUIRE SA DÉFENSE.

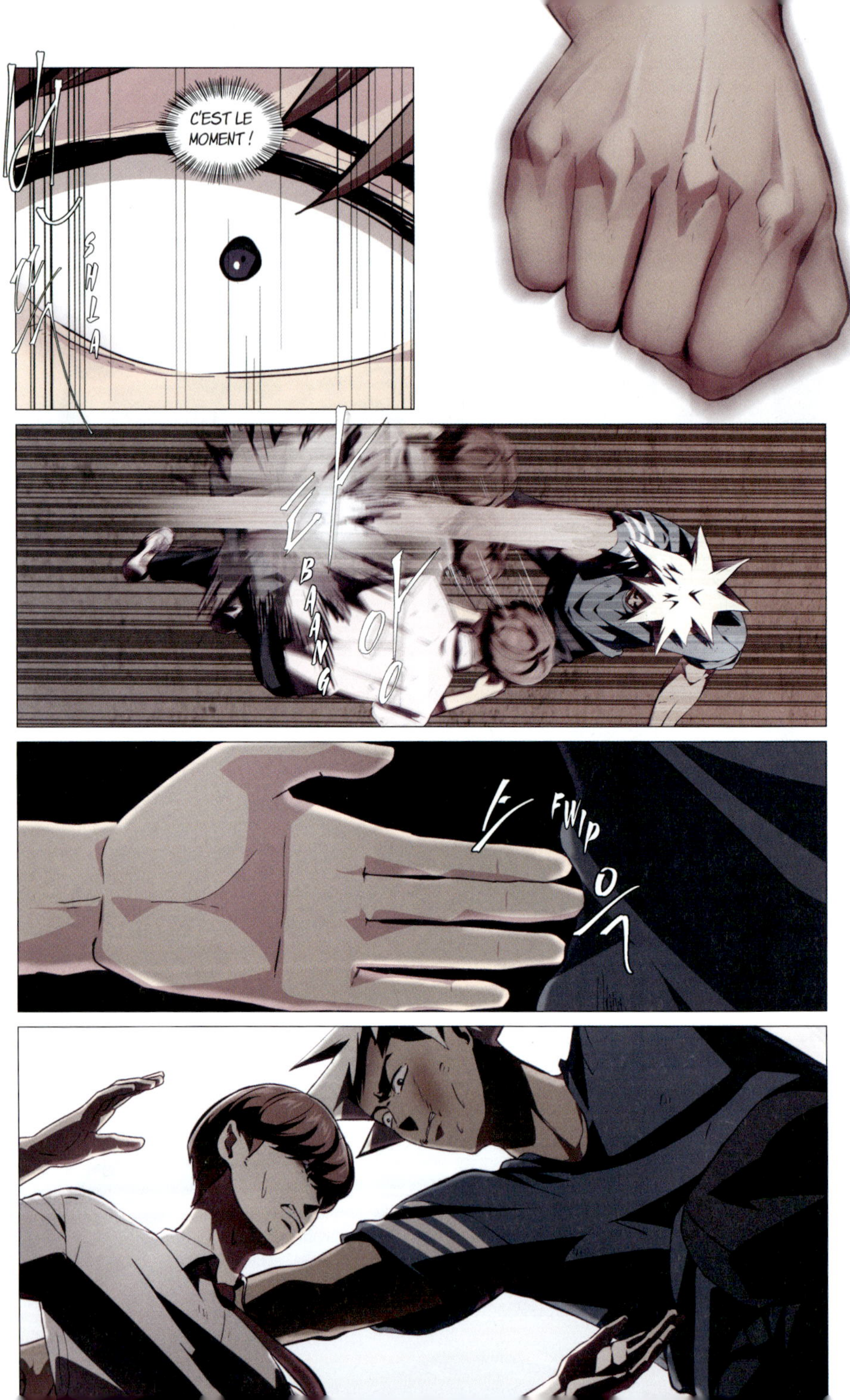
C'EST LE MOMENT !
SHLA
BAANG
FWIP

TAP
BAM
C'ÉTAIT SI PRÉVISIBLE !
HÉ HÉ !

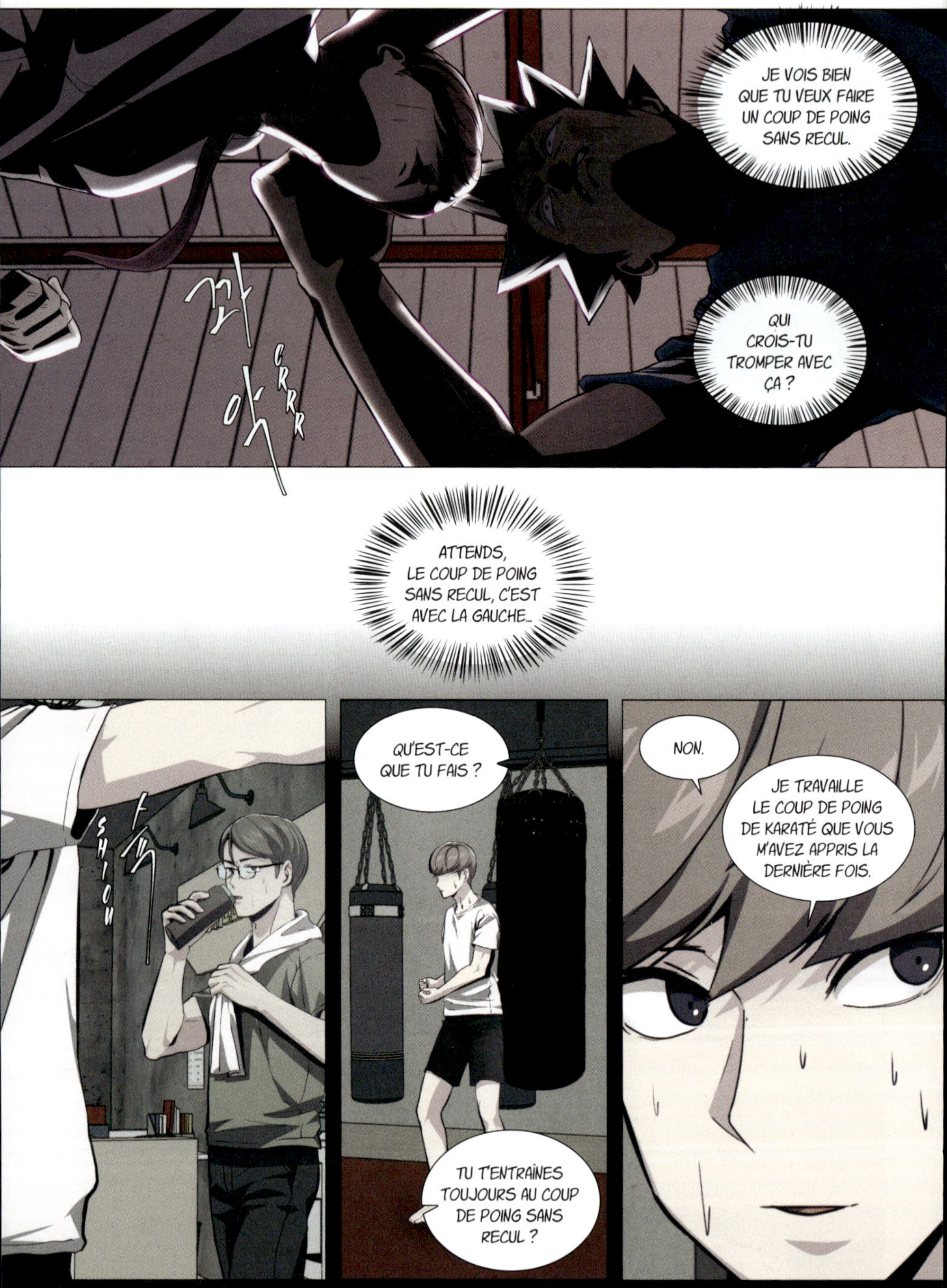
CRRRR
JE VOIS BIEN QUE TU VEUX FAIRE UN COUP DE POING SANS RECUL.
QUI CROIS-TU TROMPER AVEC ÇA ?
ATTENDS, LE COUP DE POING SANS RECUL, C'EST AVEC LA GAUCHE...
SHIOU
QU'EST-CE QUE TU FAIS ?
TU T'ENTRAÎNES TOUJOURS AU COUP DE POING SANS RECUL ?
NON.
JE TRAVAILLE LE COUP DE POING DE KARATÉ QUE VOUS M'AVEZ APPRIS LA DERNIÈRE FOIS.

TU N'AS TOUJOURS PAS LES BASES, COMMENT POURRAIS-TU TRAVAILLER CE COUP ?
MAIS TA POSTURE EST BONNE.
MA POSTURE EST... BONNE ?
VOYONS VOIR... CE COUP DEMANDE PAS MAL D'ÉLAN...
DIRECTEMENT APRÈS UN COUP DE POING SANS RECUL...
UNE FOIS DÉSTABILISÉ PAR LE COUP DE POING SANS RECUL...
DANS LES AIRS, JE NE PEUX PAS...

BAM
COUP DE POING DIRECT DU KARATÉ KYOKUSHINKAI !
TCHAAAAAAAC

SALE...
FILS DE...

털썩
PLAF
J'AI...
하아
HAA...
하아
HAA...
하아
HAA...
하아
HAA...
VRAIMENT...

BATTU
JIN-OH.

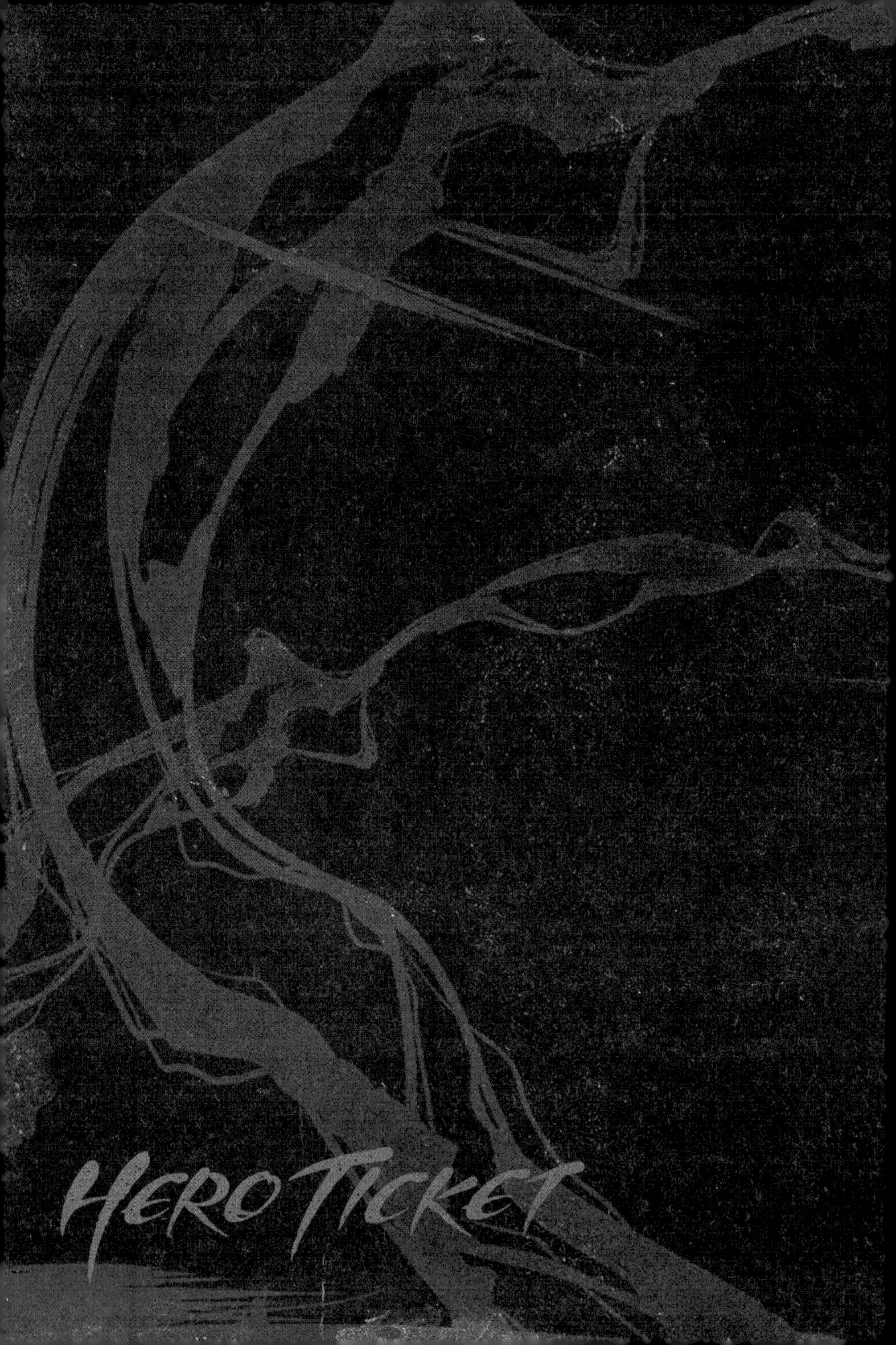
HERO TICKET

Dead
TICKET

47 - Entraînement mental

OÙ TU VAS ?
STOP
...
FWIP
RESTE ICI.
IL M'A FOUTU LA CHAIR DE POULE.
CES DEUX PETITS MOTS RÉSONNENT DANS CET ESPACE VIDE.

KYEONG-HO LEE !
HEIN ?
움찔
HEIN ?
움찔
힐끔
ZIEUTE
TAP
VRAIMENT...
MERCI BEAUCOUP !

HYEON-SU ?
POURQUOI ?

TU ES NOTRE HÉROS !
HYEON-SU PARK
EN FAIT...
JUSQU'À MAINTENANT NOUS ÉTIONS LES SOUS-FIFRES DE JIN-OH. IL NOUS MENAÇAIT !

IL NOUS FORÇAIT À FAIRE DES CHOSES ILLÉGALES.
OH, BONNE IDÉE !
NOUS AVONS AGI PAR PEUR.
IL NE NOUS AURAIT JAMAIS LAISSÉS AVOIR UNE VIE NORMALE DE LYCÉEN.
JE NE NIERAI PAS QUE NOUS AVONS FAIT DE MAUVAISES CHOSES.
GNNN
ALORS...
PLOC PLOC
IL EST VRAIMENT EFFRAYANT !

MERCI DE M'AVOIR SORTI DE CETTE VIE INFERNALE...
JE N'AI PAS LE CHOIX.
S'IL APPREND QUE J'AI KIDNAPPÉ CHAE-YEON, JE PERDRAI PRÈS DE 15 MILLIONS*.
JE DOIS ME METTRE KYEONG-HO DANS LA POCHE AVANT D'ÉCHANGER CHAE-YEON.
*ENVIRON 10 000 EUROS.
JE LUI AI ENVOYÉ UN MESSAGE AU CAS OÙ JIN-OH PERDRAIT.
JE VAIS LAISSER TOMBER LA TRANSACTION FACE À FACE ET JE LUI DEMANDERAI DE VERSER L'ARGENT SUR MON COMPTE.
C'EST LA VÉRITÉ.
ARRÊTE TES CONNERIES.
TCHAC

질질질질
FRSHHH
휙
FWIP
FRAPPE-LE AUTANT QUE TU LE VEUX.

꽈악
GNNN
꽈악
GNNN
TAC

SALAUD...
TSS...
OUPS, JE NE DOIS PAS RIRE...
빠악
BAM
JE VAIS LE FAIRE POUR TOI.
KEURGH !
HYEON-SU PARK
쿠웅
BOUM
ARGH...

!!
NON... ATTENDS !
BAM
AAARGH !

BIM
BAM
BIM
BOUM
TU RIGOLES AU LIEU DE T'AGENOUILLER ET DEMANDER PARDON ?
PAF
PAF
PARDON... PITIÉ...
PAF
PAF
JE SUIS DÉSOLÉ...
T'AS PAS L'AIR !
DÉSOLÉ ! JE SUIS VRAIMENT DÉSOLÉ !
J'ENTENDS RIEN, PLUS FORT !
J'AI EU... TORT...
ENCORE !
PAF
PAF
PAF
JE M'EXCUSE... SINCÈREMENT.

ÇA...
ÇA SUFFIT.
FWIIP
TON TÉLÉPHONE.
TIENS... VOILÀ.
J'APPELLE LA POLICE.
PYEONG-YOON LEE, LE NUMÉRO 2 ?
HEU... MOI ?
OUI, TOI.

PRENDS TES RESPONSABILITÉS ET VA TE DÉNONCER.
TAC
TU DIRAS QU'IL Y A EU UNE GROSSE BAGARRE ET N'OUBLIE PAS DE PARLER DE L'AFFAIRE DE HEE-YEON LEE.
SI UN SEUL DES TYPES ICI N'EST PAS DERRIÈRE LES BARREAUX...
SI TU FAIS UN FAUX TÉMOIGNAGE OU QUE TU RACONTES N'IMPORTE QUOI...
TU NE T'EN TIRERAS PAS AVEC JUSTE UN OU DEUX BRAS CASSÉS.

끄덕
FWIP
끄덕
FWIP
BIEN, MAINTENANT QUE C'EST CLAIR...
OÙ EST CHAE-YEON ?
움찔
TCHIC
CHAE-YEON... ELLE N'A RIEN À VOIR AVEC ÇA, JE L'AI BIEN RAMENÉE...
JE DOIS À TOUT PRIX CACHER ÇA.
MENTEUR !
JE T'AI ENTENDU PARLER DE TON CRIME AU TÉLÉPHONE TOUT À L'HEURE !
DE QUOI S'AGISSAIT-IL ?

QUOI ?
QUEL CRIME ? NE ME DIS PAS QU'IL EST EN LIEN AVEC LES TATOUAGES DE SERPENTS...
SALE BALANCE !
GNNN
QU... QU'EST-CE QUE TU FAIS ?
PAS MES POCHES !
FRSH
FRSH
TAC
L'EMPREINTE DIGITALE ?
DÉPÊCHE-TOI DE LE DÉVERROUILLER !

ELLE… ELLE RACONTE N'IMPORTE QUOI !
JE N'AI RIEN À VOIR AVEC ÇA !
FERME-LA ET DÉVERROUILLE-LE !
BAM
21:41
FWIP
…
C'EST PAS VRAI !
VITE, GRIMPE SUR MON DOS !
ON N'A PAS BEAUCOUP DE TEMPS.
OH… HEIN ?
TAC

TA TA TAP
CHAE-YEON EST EN DANGER !
FWIP
SLURP

TA
TA
POURQUOI TU ME PORTES SI TU DOIS FAIRE VITE ?
TAP
JE NE PEUX PAS TE LAISSER LÀ-BAS !
JE SUIS TROP LENT...
UN ENDROIT SÛR ! UN ENDROIT SÛR ! UN ENDROIT SÛR !
ICI !
TA
TA
TAP
ATTENDS-MOI LÀ !
MER... MERCI.
C'EST PAS LOIN !
PITIÉ !
FWIIP

UN CADENAS...
C'EST QUOI LE CODE ?
AUJOURD'HUI
PARK
Il s'est passé quelque chose. Un échange en face à face serait difficile. Chae-Yeon Han est enfermée dans des toilettes du parc. Le code est 1574.
Vous devez m'envoyer le reste de l'argent !! Je vous en supplie.
Entendu
1574...
딱
TIC
딱
TIC
딱
TIC
딱
TIC

철컥
CLAC
ARRÊTE !
NE TOUCHE PAS À ÇA.
하아 HAA...
하아 HAA...
ENCORE TOI...
J'AURAIS DÛ M'Y ATTENDRE.
TU NE M'INTÉRESSES PLUS DÉSORMAIS.
JE TE TUERAI SANS HÉSITER SI TU TE METS EN TRAVERS DE MON CHEMIN.
SON AURA EST IMPRESSIONNANTE...
ET SON ATTITUDE EST DIFFÉRENTE DE LA DERNIÈRE FOIS !

J'AI TROP FORCÉ SUR MON BRAS DROIT, IL EST ENCORE DOULOUREUX…
EST-CE QUE JE GAGNERAIS AVEC UN TICKET ?
DANS TOUS LES CAS, JE DOIS GAGNER DU TEMPS.
J'AI DÉJÀ APPELÉ LA POLICE EN VENANT.
ESSAYONS DE GRAPPILLER CINQ MINUTES.
TU AS UN BON FLAIR.
MAIS JE SUIS DÉSOLÉ, JE DOIS L'EMMENER.
N'Y PENSE MÊME PAS.
NON.
할짝
SLURP
PAS TOI.

DERRIÈRE.
QUI EST-CE ?
JE NE L'AI MÊME PAS ENTENDU ARRIVER.

IL PORTE DE LA PEAU DE SERPENT. LUI AUSSI EST...
UN SERPENT !
UN 2 CONTRE 1 ?!

Dead
TICKET

CE N'EST PAS LE MOMENT DE RÉFLÉCHIR.
48 - Black Mamba
FWIP
꽈악
SCRRR
타악
TAP
!!
타악
PAF
FWIP
ARGH...
?!

쉬악
FWIP
쉬앗
PAF
탓
PAF
QUOI ?
TU DOIS MOURIR MAINTENANT.

DE QUOI TU PARLES ?
WOUSH
TAAC
TU ESSAIES DE ME VOLER LA VEDETTE ?
JE SUIS SÛR QUE TOI AUSSI, TU AS REÇU L'ORDRE DE RESTER LOIN DE CHAE-YEON HAN...

NOUVEAU
À CAUSE DES NOMBREUSES TENTATIVES DE KIDNAPPING, LA SÉCURITÉ EST TENDUE, NE BOUGEZ PLUS JUSQU'À NOUVEL ORDRE.
AH OUI, L'ORDRE...
JE L'AI REÇU.
SI TU ES AU COURANT, ALORS MEURS SANS PROTESTER.
C'EST TOUJOURS PROBLÉMATIQUE POUR LUI LORSQUE L'ON ENFREINT LES RÈGLES.
PROBLÉMATIQUE ?
SI J'ATTRAPE CHAE-YEON HAN, TOUT SERA TERMINÉ...
PEUT-ÊTRE QU'IL NE SAIT PAS QU'ELLE EST LÀ-DEDANS ?

ET POUR L'AUTRE...
?
QUI VIENT DE S'ENFUIR, QUE COMPTES-TU FAIRE ?
IL N'EST PLUS LÀ...
CE N'ÉTAIT PAS UNE PERSONNE NORMALE...
AAAH !
J'AI TROP MAL !
IL A UTILISÉ UNE TECHNIQUE D'ATTAQUE INSTANTANÉE POUR ME FAIRE TOMBER DANS LES POMMES...

IL EST REDOUTABLE...
ÇA AURAIT ÉTÉ UN DÉSASTRE SI JE NE M'ÉTAIS PAS ENTRAÎNÉ À ESQUIVER...
IL EST BIEN PLUS FORT QUE JIN-OH.
JE N'AI AUCUNE CHANCE DE GAGNER SANS TICKET.
MAIS... ILS NE SONT PAS DANS LE MÊME CAMP ?
DANS TOUS LES CAS, ILS VEULENT KIDNAPPER CHAE-YEON. VOYONS DE QUOI ILS SONT CAPABLES.
ÇA M'EST ÉGAL.
S'IL EST DANS LE COIN, JE LE TROUVERAI ET JE LE TUERAI.

VRAIMENT ? SLURP...
TU ES BLACK MAMBA ?

TA RÉPUTATION TE PRÉCÈDE.
TON NOM DE CODE EST SI CÉLÈBRE QU'ON LE CONNAÎT JUSQUE DANS LES BAS-FONDS INFESTÉS DE MONSTRES.

J'AI ENTENDU DIRE QUE TU AVAIS DES DAGUES DANS TES MANCHES...
ASSEZ DE BLABLA.
할짝
SLURP
ÇA PROMET D'ÊTRE INTÉRESSANT.
FWIPIP
TU FAIS AUSSI PARTIE DE CEUX...
?

QUE JE VOULAIS TUER !
TCHAAAAAAAC
QU'EST-CE QUE C'EST QUE ÇA ?!
CE N'EST PAS UNE CHAÎNE ORDINAIRE...
VOYONS SI TU ES VRAIMENT À LA HAUTEUR DE TA RÉPUTATION.
CE POIDS EST FAIT POUR QUE SA ROTATION FASSE ONDULER LA CHAÎNE !
TCHA
LA
LAC
ENTRE LES MOUVEMENTS IRRÉGULIERS ET LA VITESSE IMPOSSIBLE À SUIVRE, C'EST DIFFICILE À ESQUIVER.
IL N'A PAS TOUT MONTRÉ QUAND ON S'EST AFFRONTÉS !
JE SUIS LE SEUL À SAVOIR...
OÙ VA LA CHAÎNE !

차라락
TCHAAAC
AUSSI FACILEMENT ?!

타
탁 TAC
타
TAAC 아
악
ET QUE DIS-TU D'UNE DEUXIÈME ?!
타
TAAC 아
악

C'EST CLAIR QUE CETTE CHAÎNE EST GÊNANTE.
?!
MAIS L'ISSUE EST ÉVIDENTE.
CRAC
BOOM
KEURGH !

DA
BA
BOUM
TCHAAAAAC
C'EST IMPOSSIBLE...
IL EST PASSÉ ENTRE LES DEUX !
IL LES A ÉVITÉES ?
TCHAAAAAC
IMPOSSIBLE !

IL ARRIVE À VOIR LE MOUVEMENT DE MES CHAÎNES ?
C'EST ABSOLUMENT IMPOSSIBLE POUR L'ŒIL HUMAIN !
BAAM

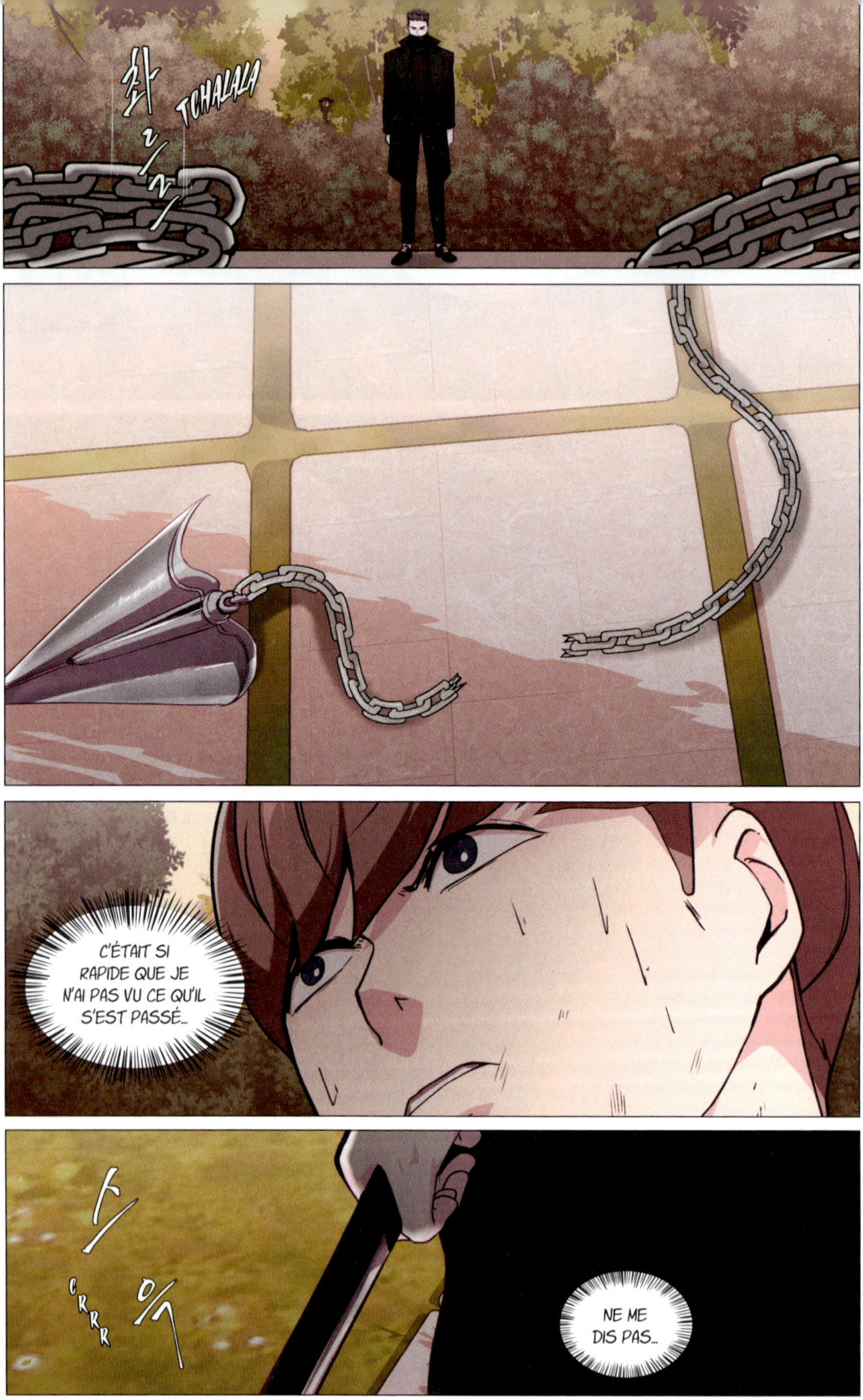
TCHALALA
C'ÉTAIT SI RAPIDE QUE JE N'AI PAS VU CE QU'IL S'EST PASSÉ...
CRRR
NE ME DIS PAS...

QU'IL A BRISÉ CES CHAÎNES AVEC CETTE DAGUE ?!
D'OÙ EST-CE QU'IL VIENT ?!
저벅
TAP
저벅
TAP

저벅
TAP
저벅
TAP
TAP
저벅
TAP
저벅
저벅
TAP
저벅
TAP

FWIIP
TCHALALA
J'ABANDONNE.
C'EST MOI QUI DÉTIENS CHAE-YEON HAN.
JE TE LA DONNE SI TU ME LAISSES PARTIR.
MINCE !
TU SAIS OÙ ELLE EST ?
OUI.

IL LAISSE TOMBER CHAE-YEON COMME ÇA ?
MÊME AVEC UN TICKET, CE TYPE AUX CHAÎNES SERAIT TROP DIFFICILE À AFFRONTER…
DANS CE CAS, TU POURRAS PARTIR.
JE NE POURRAIS JAMAIS LE BATTRE !
ILS S'APPROCHENT DES PRÉFABRIQUÉS !
TAP
TAP
QUE FAIRE ?!
ILS SONT JUSTE DEVANT LA PORTE !
QUEL TICKET DEVRAIS-JE UTILISER ?!
JE DOIS LES ARRÊTER COÛTE QUE COÛTE !
EST-CE QUE JE PEUX M'EN SORTIR FACE À EUX DEUX ?

JE DOIS AGIR VITE...
까악
SCRR
SANS CHAE-YEON, TOUT ÇA N'A AUCUN SENS !
탁
TAC
쉿
CHUT

CHAE-YEON ?
쉬잇
CHUT

COMMENT ?
JE ME CACHAIS DE L'AUTRE CÔTÉ ET J'AI FAIT LE TOUR.
COMMENT T'ES-TU ÉCHAPPÉE DES TOILETTES ?
LES ESPRITS N'AURAIENT PAS PU L'OUVRIR...
IL Y A BIEN UN MOYEN !
ATTENDS, SI ELLE EST ICI...
ALORS LÀ-BAS...
STOP

HEIN ?
FWISH
FWISH
QUOI ?
ELLE EST FORCÉMENT ICI...
TU M'AS FAIT PERDRE MON TEMPS.
NON... ATTENDS...
JE SUIS SÛR QU'IL Y A UNE...
FWIP
JE N'AI PAS BESOIN DE TES EXCUSES.

C'EST DONC ÇA...
LA PEUR.
TCHAAC
FWIP
IL SORT !
IL EST SEUL...
L'AUTRE SERAIT
MORT...
PIN-PON
PIN-PON
LA POLICE...

멈칫
STOP
GLOUPS
JE SAIS QUE TU ES ENCORE LÀ, JE LE SENS.
?!
FAIS ATTENTION À CE QUE TU DIS.
TAC

Dead
TICKET

IL EST PARTI...
하아
HAA...
털썩
POF
J'AI EU LA CHAIR DE POULE QUAND IL A REMARQUÉ QU'ON ÉTAIT ENCORE LÀ...
AU FAIT, COMMENT ES-TU SORTIE DES TOILETTES ?
C'ÉTAIT PAS FERMÉ ?
HEIN ?
OH, C'EST SIMPLE, UN ESPRIT M'A AIDÉE.
L'ESPRIT A DÉVERROUILLÉ LE CADENAS ?
NON, NON ! HA HA !
IL A VU LA COMBINAISON COMPOSÉE PAR HYEON-SU.
J'AVAIS BEAU CRIER, PERSONNE NE VENAIT.
ET COMME L'ESPRIT NE POUVAIT PAS TOUCHER LE CADENAS.
J'AI DÛ TROUVER UN MOYEN DE L'OUVRIR MOI-MÊME.

DEPUIS L'INTÉRIEUR ?
COMMENT T'AS FAIT ?
J'AI CASSÉ LA POIGNÉE AVEC UNE BRIQUE !
ENSUITE J'AI PASSÉ MA MAIN...
TIC
TIC
PAR LE TROU ET JE L'AI DÉVERROUILLÉ !
C'ÉTAIT BIEN JOUÉ, HEIN ?
하하...
HA HA...
C'EST COMME ÇA QUE L'ESPRIT A PU T'AIDER.

STATION DE POLICE
STATION DE POLICE DU SUD
49 - Duo
Après ça, les membres du groupe, y compris Hyeon-Su Park, ont été placés en détention.
Ils n'ont pas eu d'autre choix que d'avouer grâce à l'enregistrement de Kyeong-Ho.
Comme les messages supprimés par Hyeon-Su Park ont pu être restaurés, il s'est aussi avéré que Hee-Yeon Lee avait subi de nombreuses menaces.
HEE-YEON LEE
JE SAIS QUE TU FAIS EXPRÈS DE NE PAS RÉPONDRE AU TÉLÉPHONE DEPUIS QUELQUES JOURS.
TU ME PRENDS POUR UN ABRUTI ?
TU VEUX MOURIR ? TU VEUX QUE JE RACONTE TOUT ?
LA POLICE ? VAS-Y, VA LES VOIR. ON VERRA QUI DE NOUS DEUX ÇA DESSERVIRA.
Finalement, l'affaire du suicide de Hee-Yeon Lee...
s'est transformée en homicide.

SSSHHHHH
뚝 PLIC
뚝 PLOC
뚝 PLOC
SSSHHHHH
SSSHHHHH
FWIIP
?

HEE-JU, TU VAS ATTRAPER FROID.
MAIS...
ET VOS COURS ?
ON SÈCHE !
HA...
MERCI BEAUCOUP POUR VOTRE AIDE À TOUS LES DEUX.
GRÂCE À VOUS, L'AFFAIRE EST RÉSOLUE, VOUS ÊTES MES BIENFAITEURS.
EH BIEN... C'EST TERMINÉ. ÇA DEVAIT ARRIVER DE TOUTE FAÇON.
QUE FAIS-TU ASSISE TOUTE SEULE ICI ? QUELQUE CHOSE NE VA PAS ?
HUM... EN FAIT...
JE HAIS CES VOYOUS.
J'ÉTAIS CERTAINE QU'ILS ÉTAIENT COUPABLES MAIS ILS N'ONT FAIT QUE MENTIR...

C'EST POUR ÇA QUE JE VOULAIS À TOUT PRIX QUE LA POLICE LES ATTRAPE. J'Y PENSAIS TOUS LES JOURS.
JE CROYAIS QU'APRÈS, MA FRUSTRATION DISPARAÎTRAIT...
MAIS...
CE N'EST PAS LE CAS.
ET JE ME DEMANDE POURQUOI...
C'EST NORMAL. TU AS PERDU LA PERSONNE LA PLUS CHÈRE À TES YEUX.
HEIN ?
DEPUIS LE DÉBUT, TA FRUSTRATION VIENT DE LA PERTE DE TA SŒUR, ET ATTRAPER LES COUPABLES NE LA FERA PAS DISPARAÎTRE.
NOUS NE POUVONS PAS T'AIDER, TU DOIS LA SURMONTER SEULE.

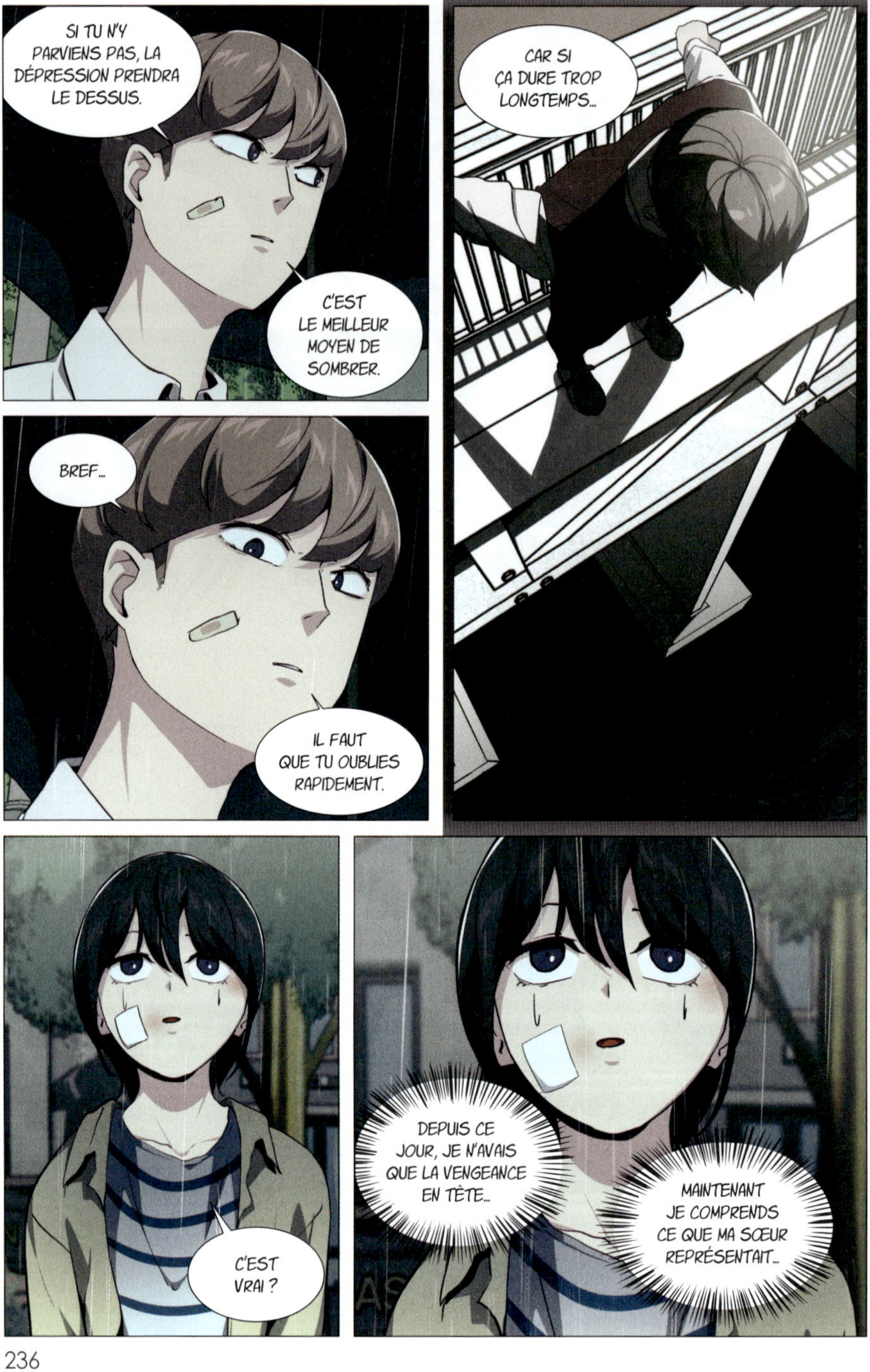
SI TU N'Y PARVIENS PAS, LA DÉPRESSION PRENDRA LE DESSUS.
C'EST LE MEILLEUR MOYEN DE SOMBRER.
BREF…
IL FAUT QUE TU OUBLIES RAPIDEMENT.
CAR SI ÇA DURE TROP LONGTEMPS…
C'EST VRAI ?
DEPUIS CE JOUR, JE N'AVAIS QUE LA VENGEANCE EN TÊTE…
MAINTENANT JE COMPRENDS CE QUE MA SŒUR REPRÉSENTAIT…

MA GLACE EST TOMBÉE ! J'EN VEUX UNE AUTRE ! UNE AUTRE !
바둥
바둥
HÉ, NE FAIS PAS DE CRISE ICI !
TIENS, PRENDS LA MIENNE.
HEE-YEON, TU NE PEUX PAS TOUJOURS RÉAGIR COMME ÇA.
HÉ HÉ ! CE QUI EST À TOI EST À MOI.
SI ON LA LAISSE FAIRE, ÇA LUI CAUSERA DES ENNUIS UN JOUR.
쭈욱
쭈욱
ÇA VA ALLER, ELLE N'AURA PAS DE PROBLÈME.
HEE-JU EST TROP MIGNONNE.
MÊME QUAND ELLE FAIT DES CRISES.
C'EST VRAI… ELLE S'EST TOUJOURS OCCUPÉE DE TOUT CE DONT J'AVAIS BESOIN.
ELLE PRENAIT TOUJOURS MON PARTI.
MAIS…
C'EST TERMINÉ…

AH !
VIENS AVEC MOI UNE MINUTE !
FIOUSH
HEIN… OÙ ON VA ?
ACADÉMIE DE PIANO LA LUMIÈRE BLEUE
SSSSHHHH
SALLE DE PIANO

ÇA VA ALLER, TU PEUX ENTRER.
드르륵
DRRRRR
OH... C'EST ICI.
탁
TAC
C'EST L'ACADÉMIE OÙ ELLE JOUAIT.
LE PIANO...
J'ADORAIS ÇA.

MAIS JE NE JOUE PLUS MAINTENANT.
FWIP
C'EST À CAUSE DE MOI ET DU PIANO...
QUE MA SŒUR EST MORTE...
SSHHH
FWIP

취이이익
TCHITTT
HEE-JU, JE NE SUIS PAS LÀ POUR PARLER DU PIANO...
LA VÉRITÉ, C'EST QUE JE PEUX VOIR LES ESPRITS !
ET HEE-YEON N'AIME PAS QUE TU TE SENTES AUSSI COUPABLE.
TU PEUX... VOIR LES ESPRITS ?
OUI, ET TA SŒUR NE VEUT PAS QUE TU ÉPROUVES DE LA FRUSTRATION
MERCI...

MAIS TU N'AS PAS À ME REMONTER LE MORAL...
FWIP
NON, C'EST VRAI ! TA SŒUR...
DRRRR
JE SAIS MIEUX QUE PERSONNE...
QU'ELLE A FAIT ÇA POUR MOI.
STOP
ET...
BRRRRRRR
JE N'AI PAS LE DROIT D'IMAGINER QU'ELLE PUISSE PENSER AUTREMENT...

JE VAIS
Y ALLER.
DRRRR
멈칫
STOP

QU'EST-CE QU'ELLE FAIT ?
ÇA NE RESSEMBLE PAS À CHAE-YEON...
CE MORCEAU...
JE L'AI ÉCRIT.
TU COMPOSES ?
OUI, MAIS C'EST UN DUO, DONC ON DOIT LE JOUER ENSEMBLE.
ALORS... JE VAIS LE JOUER AVEC TOI ?
TU DEVRAS BIEN T'ENTRAÎNER !
HÉ HÉ...
EXERÇONS-NOUS ET DEVENONS CÉLÈBRES ENSEMBLE !

MAIS… COMMENT TU…
FWIP
EH BIEN…
JE CROYAIS QUE TU NE JOUERAIS PLUS DE PIANO ?
AH, VRAIMENT ?
JE ME SUIS DIT QUE JE DEVAIS INTERPRÉTER CE MORCEAU…

CO… COMMENT CONNAIS-TU CE MORCEAU ?
STOP
C'EST MOI QUI L'AI COMPOSÉ.

FWIIP

C'EST VRAI...
L'ESPRIT DE MA SŒUR EST LÀ ?
NOUS SOMMES LES SEULES À CONNAÎTRE CE MORCEAU, NON ?
JE N'AI JAMAIS OSÉ LA POSER, MAIS DEPUIS TOUT CE TEMPS, UNE QUESTION ME BRÛLE LES LÈVRES.

J'AVAIS SI PEUR DE LA POSER QUE JE L'AVAIS ENFOUIE PROFONDÉMENT.

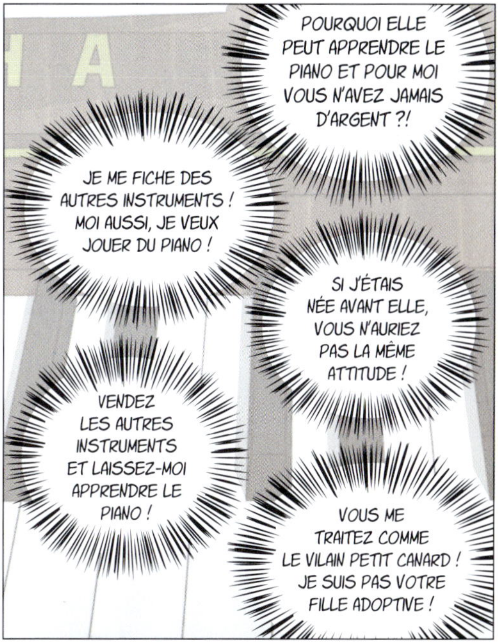

PARCE QUE…

À CAUSE DE MOI, ELLE A DÛ FAIRE TOUT ÇA…

JE NE T'AI JAMAIS DÉTESTÉE.
OUIIIIIIN!

Dead
TICKET

MERCI.

ÇA N'A PAS DÛ ÊTRE FACILE D'ACCEPTER DE ME PRÊTER TON CORPS.
GRÂCE À TOI J'AI PU PARLER À MA SŒUR...
MAINTENANT JE PEUX PARTIR EN PAIX.
C'ÉTAIT UN PLAISIR.
AH OUI ZUT ! TU AVAIS UNE QUESTION AU SUJET DE TA MÈRE, N'EST-CE PAS ?
COMME TU NE PEUX PAS LA VOIR, JE PEUX LUI DEMANDER POUR TOI.
HEU...
C'EST VRAI, ELLE NE SAIT PAS QUE J'AI UN MOYEN DE LES VOIR AUSSI...
ET J'AI TELLEMENT DE CHOSES À DEMANDER À CET ESPRIT.
JE NE PEUX PAS PARLER DES TICKETS OU DE MES CAPACITÉS, MAIS...

IL Y A UNE CHOSE QUE JE NE T'AI PAS DITE...
?
DEPUIS QUE JE TE SUIS, MOI AUSSI JE COMMENCE À VOIR LES ESPRITS.
QUOI ?
DONC TU SAVAIS À QUOI HEE-YEON RESSEMBLAIT TOUT CE TEMPS ?
OUI... JE SUIS DÉSOLÉ DE NE PAS TE L'AVOIR DIT PLUS TÔT.
MAIS IL Y A UNE CONDITION.
긁 적
SCRACH
LAQUELLE ?
JE DOIS AVOIR UN CONTACT PHYSIQUE AVEC TOI.

QUOI ? UN... UN CONTACT... PHYSIQUE ?!
AWAWAWAH
짝!
ON EST SUPPOSÉS SE FAIRE LA BISE OU S'EMBRASSER OU UN TRUC COMME ÇA ?
JE NE ME SOUVIENS PAS QU'ON AIT FAIT ÇA.
JE... JE RIGOLAIS.
EXCEPTIONNELLEMENT JE VEUX BIEN T'AUTORISER À ME TENIR LA MAIN.
TIENS.
스윽
FWIP
ÇA IRA. UN CHEVEU SUFFIRA.
JE LA VOIS PARFAITEMENT, MERCI !
HEE-YEON, J'AIMERAIS TE POSER UNE QUESTION.
GNN
DEMANDE-MOI CE QUE TU VEUX.
MA MÈRE EST MORTE DEPUIS LONGTEMPS...
SAURAIS-TU OÙ SE TROUVE SON ESPRIT ?

QUOI...
CETTE JOLIE DAME ?! JE L'AI DÉJÀ RENCONTRÉE !
VRAIMENT ?
SIERRA AVAIT RAISON ! ELLES ONT BIEN UN LIEN !
CEPENDANT... JE NE SAIS PAS DU TOUT OÙ ELLE EST...
...

50 - Sierra ! Tu t'es moquée de moi ?!
TATATAP
TATATAP
INFIRMERIE
STOP
FERMÉ ?
FERMÉ♡
FERMÉ ?!
CLANG
CLANG
TU TE MOQUES DE MOI, NE ME DIS PAS QUE TU T'ES ENFUIE ?!
GRAAA
SIERRA, OÙ ES-TU ?!

?
QU'Y A-T-IL ?
SIERRA !
TU M'AS MENTI !
PAAF
ARGH !

쿵
BOUM
OH LÀ LÀ…
SSSHHH..
COMMENT OSEZ-VOUS HAUSSER LA VOIX DEVANT DAME SIERRA ?
QU… QUOI ?
C'EST MON ANIMAL DE COMPAGNIE, JE L'EMMÈNE PARFOIS QUAND JE M'ENNUIE.
NOM - BAPBO
C'EST QUOI CE TRUC RIDICULE ? IL EST FORT…
SURVEILLEZ VOS MANIÈRES.

또각 TAC
또각 TAC
CEPENDANT...
NOUS AVONS PRESQUE 500 ANS DE DIFFÉRENCE.
C'EST VRAI QUE C'EST UNE DÉESSE... SUR LE MOMENT J'ÉTAIS TELLEMENT EN COLÈRE.
ELLE EST LÀ, DONC ELLE NE SE MOQUAIT PAS DE MOI...
JE T'AI DÉJÀ DEMANDÉ D'ARRÊTER DE ME TUTOYER, NON ?
PRESSE
CRSHHH
DÉ... DÉSOLÉ, JE ME SUIS LAISSÉ EMPORTER...
JE VOUS ENVIE...
QUOI ? CE TRUC EST BIZARRE.
BAPBO...
POUR ME BALADER DANS LA RUE...
TU PRÉFÈRES LA TENUE DE GAUCHE ?
OUI, ABSOLUMENT.
LES TROIS METTENT EN VALEUR VOTRE DIGNITÉ ET VOTRE BEAUTÉ, DAME SIERRA.
MAIS SI JE DEVAIS DONNER MON HUMBLE AVIS, JE PENCHERAIS POUR CELLE DE GAUCHE.
C'EST PEUT-ÊTRE PAS JUSTE UN ANIMAL DE COMPAGNIE.

EN Y REPENSANT, JE LUI SUIS AUSSI INFÉRIEUR, OU QUELQUE CHOSE COMME ÇA.
ESSAYONS DE LA BROSSER UN PEU DANS LE SENS DU POIL.
VRAIMENT ?
HUM...
ELLE NE L'AIME PAS ? DANS CE CAS...
JE PENSE QUE CELLE DE DROITE VOUS CONVIENT MIEUX.
AH VRAIMENT ? TU AS BON GOÛT...
HU HU !
QUELLE CHANCE ! ELLE AVAIT DÉJÀ CHOISI !

VOUS SEREZ BIEN DANS CETTE...
TRÈS BIEN, JE SORTIRAI AVEC CELLE-CI.
?
부들
BRRR
부들
BRRR
ESPÈCE DE PETIT CON...
S'IL TE PLAÎT, VA-T'EN.
RENTRE À LA MAISON.
따악
PAAF
C'EST TOUJOURS AUSSI INCROYABLE DE VOIR CE GENRE DE CHOSES...
VENONS-EN AU FAIT, VEUX-TU ?
또각
TAC
또각
TAC
?

JE NE VOIS QU'UNE SEULE RAISON QUI TE POUSSE À VENIR ME VOIR...
CET ESPRIT N'AVAIT DONC RIEN À VOIR AVEC TA MÈRE ?
ELLE SAVAIT DÉJÀ...
NON... ELLES N'ÉTAIENT PAS EN CONTACT...
CETTE JOLIE DAME ?! JE L'AI DÉJÀ RENCONTRÉE !
JE NE SAIS PAS DU TOUT OÙ ELLE EST...
OH...
J'ÉTAIS SÛR D'ENFIN LA RETROUVER...
...
TA MÈRE...
ÉTAIT VRAIMENT HORS DU COMMUN.

COMMENT ÇA ?
LORSQUE JE SUIS MORTE, J'ÉTAIS SI EN COLÈRE QUE JE NE SAVAIS PLUS QUOI FAIRE.
JE VOULAIS TOUT OUBLIER MAIS C'ÉTAIT IMPOSSIBLE.
ET C'EST LÀ QUE J'AI RENCONTRÉ TA MÈRE.
LA PREMIÈRE CHOSE QU'ELLE M'A DITE, C'EST « JE T'ÉCOUTE ».
ÇA N'AVAIT RIEN DE GRANDIOSE OU DE FANTAISISTE.
JE ME SUIS TOUT DE SUITE SENTIE À L'AISE ET LUI AI TOUT RACONTÉ.

TA MÈRE ÉTAIT TELLEMENT INCROYABLE…
ELLE M'A ÉCOUTÉE PARLER DE MES PROBLÈMES PENDANT UNE SEMAINE.
VRAIMENT, ON A PARLÉ PENDANT SEPT JOURS, JOUR ET NUIT ! TU IMAGINES ?
PUIS ELLE EST PARTIE SANS RIEN DIRE, UNE FOIS QUE J'AI TERMINÉ.
JE VOIS.
JE CROIS QU'ELLE VOULAIT ME DIRE D'OUBLIER LE PASSÉ QUI NE PEUT ÊTRE CHANGÉ…
MÊME SI ÇA NE M'A PAS APPORTÉ DE SOLUTION, JE ME SUIS SENTIE SOULAGÉE.
ELLE ME DISAIT DE PENSER À L'AVENIR.
ET DE ME CONCENTRER SUR LE FUTUR QUE JE PEUX CRÉER.

BIEN SÛR, J'AI ESSAYÉ DE QUITTER CET ENDROIT GRÂCE À TA MÈRE, MAIS…
LA DOULEUR QUE J'ÉPROUVAIS POUR MA SŒUR ÉTAIT TROP FORTE.
AH, AU FAIT !
ELLE M'A DIT UNE CHOSE. JE PENSE QU'ELLE PARLAIT AUSSI DE TOI.
QUOI ?!
QUE… QU'EST-CE QU'ELLE A DIT ?!
ELLE ÉTAIT SI JEUNE ET BELLE, J'ÉTAIS SURPRISE D'APPRENDRE QU'ELLE AVAIT UN FILS.
SI JE ME SOUVIENS BIEN, C'ÉTAIT…
TA FAÇON DE DÉTESTER LES GENS…
TU ME FAIS PENSER À MON FILS.

ET ELLE NE SAIT PAS DU TOUT OÙ ELLE SE TROUVE.
JE L'AI AIDÉE POUR TROUVER MA MÈRE, MAIS...
J'ÉTAIS SI CONTRARIÉ QUE J'EN AI PERDU LE CONTRÔLE...
TU SAIS BIEN QUE C'EST INTERDIT POUR LES ESPRITS DE PARLER D'AUTRES ESPRITS...
PEUT-ÊTRE QU'ELLE PENSE QUE TU NE MÉRITES PAS CETTE INFORMATION.

HEIN ?
FWIP
TU N'AS DONC PAS APPRÉCIÉ ?
AH...
SI, BIEN SÛR... C'ÉTAIT BIEN.

J'AI LE SENTIMENT QUE JE LA VERRAI BIENTÔT.
JE LUI POSERAI UNE QUESTION À CE MOMENT-LÀ.

ABC INFOS
ATTENTION
LA POPULATION S'INQUIÈTE DES CRIMES...
ENQUÊTE EN COURS
FLASH INFO
UN HOMME DE 40 ANS RETROUVÉ ASSASSINÉ DANS DES TOILETTES PUBLIQUES CONDAMNÉES.
CET HOMME EST MORT ?
J'ÉTAIS CERTES DÉSARMÉ...
MAIS CE N'ÉTAIT PAS UN JEU D'ENFANT.
QUI A BIEN PU LE TUER ?

CHEF ! NOUS AVONS LE PRÉTENDU HOMME AU TATOUAGE DE SERPENT SUR LES VIDÉOS DE SURVEILLANCE !
MONTREZ-LES-MOI IMMÉDIATEMENT !
C'EST NOTRE TYPE POURCHASSANT UN AUTRE HOMME DANS UNE ALLÉE.
CAMÉRA1
ON N'Y VOIT PAS ASSEZ CLAIR, C'EST LE SEUL ANGLE QU'ON AIT ?
IL SAIT PARFAITEMENT OÙ SE TROUVENT LES CAMÉRAS, DONC NOUS N'AVONS RÉUSSI À OBTENIR QUE DEUX VIDÉOS.
CAMÉRA1
C'EST UNE VIEILLE IMPASSE ET LES CAMÉRAS SONT OBSOLÈTES.
CE N'EST PAS LUI QUI L'A TUÉ.
RESTONS-EN LÀ POUR L'INSTANT ET ESSAYONS DE TROUVER D'AUTRES VIDÉOS.

EH BIEN...
?
DANS LA SECONDE VIDÉO...
ON PEUT LE VOIR SE FAIRE FRAPPER PAR L'HOMME QUI S'ENFUYAIT PLUS TÔT.
QUOI ?
REC
ON NE VOIT QUE LEURS SILHOUETTES.
?!
COMMENT C'EST POSSIBLE ?
VU SA POSTURE ET SES MOUVEMENTS, C'EST UN BON COMBATTANT.

ATTENDS UN PEU...
TAAC
ZOOME SUR CETTE IMAGE !
REC
CAMÉRA1
KYEONG-HO LEE ?!

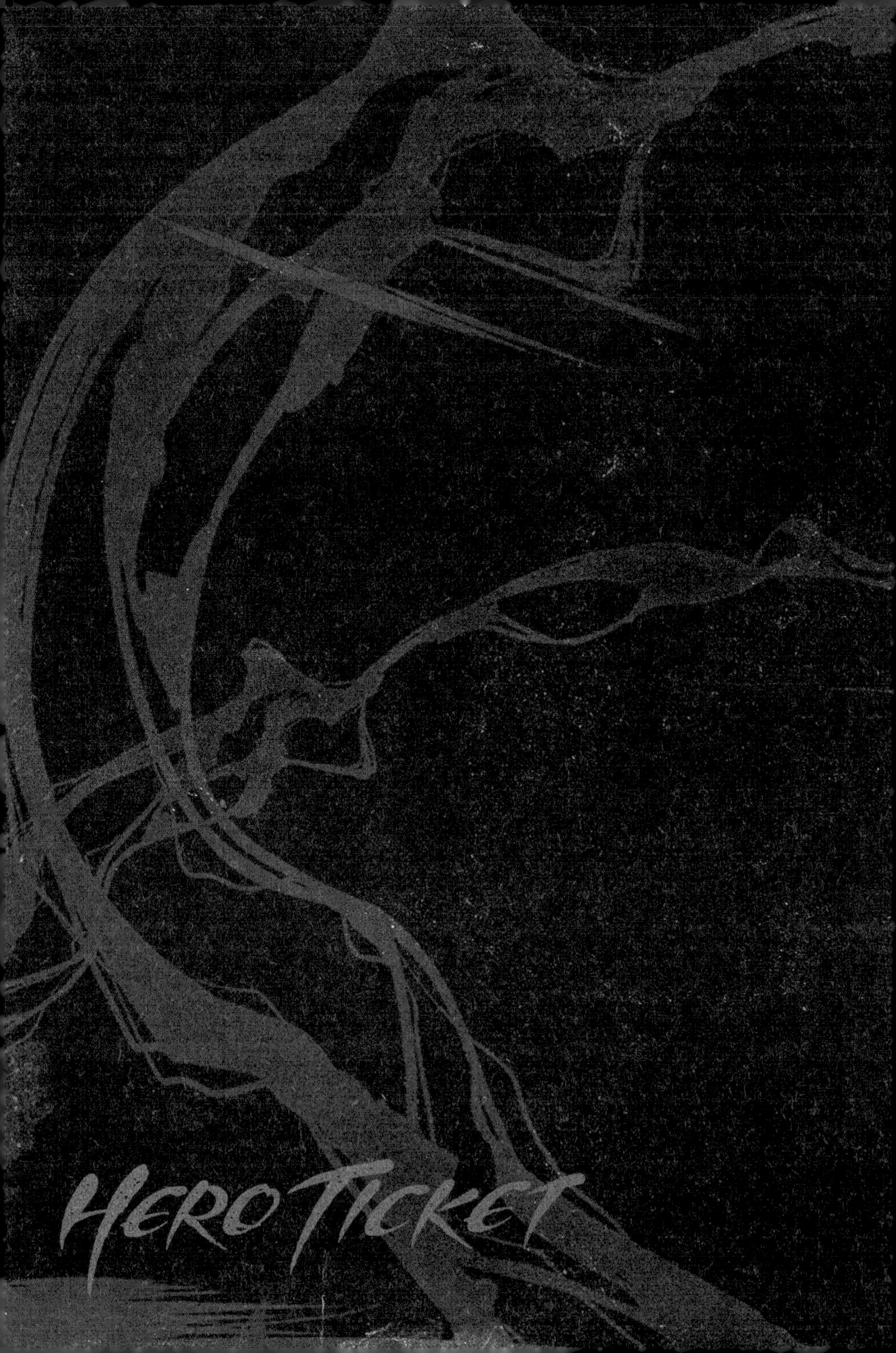
Hero Ticket

SALUT SOLENNEL.
TCHAC
TCHAC
TCHAC
51 – L'ENNEMI EST PARMI NOUS
JE DOIS ALLER AU LYCÉE...
C'EST QUOI CE RASSEMBLEMENT IMPRÉVU ?
JE SUIS SÛR QUE VOUS EN AVEZ TOUS ENTENDU PARLER.
L'HOMME AU TATOUAGE DE SERPENT QUE NOUS RECHERCHIONS A ÉTÉ TUÉ DANS LES TOILETTES DU PARC.
SON MEURTRIER EST INCONNU.
CEPENDANT, UNE VIDÉO NOUS MONTRE UN SUSPECT POTENTIEL.

REGARDEZ BIEN.
BIP
BLACK MAMBA...
C'EST CLAIREMENT UN MONSTRE. VOYONS CE QU'IL DONNE.
...
IL EST DOUÉ. C'EST UN MAÎTRE ?
A... ATTENDS UNE MINUTE !
C'EST MOI !
PSSST
IL SE BAT CONTRE QUI ?
PSSST
PSSST
IL ME DIT QUELQUE CHOSE...
PSSST
JE SUIS DANS LA MERDE !
SILENCE.
ILS SE TENAIENT TRANQUILLES DEPUIS QUELQUES ANNÉES...
MAIS J'AI L'IMPRESSION QU'ILS COMMENCENT SÉRIEUSEMENT À BOUGER.

C'EST POURQUOI...
NOUS ALLONS ACCENTUER LA SURVEILLANCE AUX ABORDS DE L'ÉCOLE, AVEC DES ÉQUIPES DE RECHERCHES, DES ÉCLAIREURS...
LA SÉCURITÉ DOIT ÊTRE RENFORCÉE...
POURQUOI N'AI-JE PAS PENSÉ AUX CAMÉRAS ?
J'AI TOUT FAIT POUR ÊTRE DISCRET.
IL POURRAIT AUSSI BIEN LE PRENDRE. APRÈS TOUT, JE ME SUIS OCCUPÉ D'UN TYPE AU TATOUAGE DE SERPENT, NON ?
QUE VA-T-IL M'ARRIVER ? JE VAIS ME FAIRE VIRER POUR AVOIR FAIT LE MUR ?
OH LÀ LÀ, ET SI JE DOIS M'EXPLIQUER AU SUJET DES TICKETS ?

C'EST DE LA FOLIE !
VOILÀ QUI CONCLUT NOTRE BRIEFING DE RENFORCEMENT DE LA SÉCURITÉ.
VOUS POUVEZ Y ALLER.
BIEN, CHEF !
QUOI, C'EST TOUT ?
IL N'AURAIT RIEN REMARQUÉ ?
JE VAIS VITE Y ALLER...
KYEONG-HO LEE.
DO DOM
OU... OUI ?!
GLOUPS
PRENDS GRAND SOIN DE MADEMOISELLE AU LYCÉE.
BIEN SÛR !

VOICI UN TRANSMETTEUR SPÉCIAL. JE CROIS SAVOIR QUE LE PRÉCÉDENT A EU QUELQUES DYSFONCTIONNEMENTS.
CE BIP ME CONTACTE DIRECTEMENT, ALORS PRENDS-LE.
FWIP
D'ACCORD… MERCI BEAUCOUP.
OUVRE L'ŒIL AVEC LES SERPENTS.
TU PEUX Y ALLER.
VOUS N'AVEZ RIEN D'AUTRE À ME DIRE…
QUOI ?
NON, RIEN ! J'Y VAIS !
TA TA TAP

JE M'EN DOUTAIS...
CE N'EST PAS LUI.
KYEONG-HO...
EST-CE QU'ON A UNE MEILLEURE IMAGE DE SON VISAGE ?
QU'ENTENDEZ-VOUS PAR KYEONG-HO ?
CE N'EST PAS POSSIBLE. IL S'ENTRAÎNE AVEC MOI TOUT LE TEMPS ET JE NE L'AI JAMAIS VU BOUGER COMME ÇA.
CAMÉRA1
L'HOMME DE LA VIDÉO EST UN COMBATTANT DE GÉNIE.
SI ON LE RETROUVE ET QU'IL PARTAGE NOS VALEURS, NOUS DEVRIONS MÊME L'EMBAUCHER.
VRAIMENT ?
CETTE TECHNIQUE NÉCESSITE DES DIZAINES D'ANNÉES D'ENTRAÎNEMENT.
UN LYCÉEN NE PEUT PAS LA MAÎTRISER.
ESSAYEZ AUSSI DE LE RETROUVER.
ENTENDU CHEF !

SI ON L'EMBAUCHE, CE SERA UN PLUS POUR NOTRE GROUPE.
MÊME S'ILS ONT RENFORCÉ LA SÉCURITÉ, C'EST FACILE DE SORTIR GRÂCE AUX ESPRITS.
TOUS LES GARDES. ONT CETTE VIDÉO ?
HEUREUSEMENT QU'ILS NE PEUVENT PAS VOIR LES VISAGES EN DÉTAIL...
C'EST AUSSI DÛ AU FAIT QUE LA VIDÉO SOIT EN NOIR ET BLANC JE PENSE.
À PARTIR DE MAINTENANT, JE NE PEUX PLUS SORTIR AVEC L'UNIFORME DU LYCÉE.
BLACK MAMBA...
J'AI ENCORE DU MAL À CROIRE QU'IL AIT TUÉ L'AUTRE TYPE SI FACILEMENT ALORS QUE J'AI EU AUTANT DE MAL À M'EN DÉFAIRE MÊME POSSÉDÉ PAR LE LYNX.
ENFIN... PEU IMPORTE À QUEL POINT IL EST FORT, IL SERA IMPUISSANT FACE À UNE ARME.
CEPENDANT...

C'EST TOUT DE MÊME POSSIBLE QUE JE PERDE MÊME SI J'UTILISE UN ESPRIT QUI MAÎTRISE LES ARMES...
C'EST UN MONSTRE DE VITESSE, DE FORCE ET DE TAILLE.
LA PROCHAINE FOIS...
QUEL ESPRIT DEVRAIS-JE UTILISER ?
LORSQUE JE SUIS POSSÉDÉ, J'OBTIENS TOUTES LES COMPÉTENCES DE L'ESPRIT.
MA FORCE, MON ENDURANCE ET MON CARDIO SEMBLENT AUSSI S'AMÉLIORER.

MAIS COMME LORS DE L'ENTRETIEN…
JE NE PEUX PAS UTILISER LE POUVOIR DE L'ESPRIT À 100 %.
PFF, LA SEULE SOLUTION C'EST L'ENTRAÎNEMENT…
FWIP
JE VAIS DEVOIR DEMANDER AU CHEF DE M'ENTRAÎNER PLUS DUREMENT.
KYEONG-HO !
?
TAP
TA-DAM !
C'EST JOLI ?
QUE…
COMMENT TU PEUX TE PROMENER DANS CETTE TENUE ?!
C'EST BEAUCOUP TROP VOYANT !
POURQUOI TU T'ÉNERVES ?

C'EST UNE TENUE NORMALE POUR SORTIR, NON ?
C'EST VRAI...
MAIS ON S'EST CHANGÉS POUR NE PAS SE FAIRE REPÉRER.
AH OUI...
ALORS ALLONS D'ABORD AU CENTRE COMMERCIAL...
PAS LE CHOIX.
TCHAAAC
QUE... QU'EST-CE QUE TU FAIS ?
RHABILLE-TOI TOUT DE SUITE !
WAAAAH !
ENFILE ÇA.
FWIP
UNE... UNE SECONDE !
BON... ATTENDS-MOI.
OÙ... OÙ VAS-TU ?

VOILÀ, PERSONNE NE NOUS REMARQUERA, HABILLÉS COMME ÇA.
TU N'AS QU'À LE GARDER À PARTIR DE MAINTENANT.
PFF, JE VOULAIS TELLEMENT PORTER MA TENUE...
ON N'A PAS LE CHOIX À CAUSE DES CAMÉRAS.
ALORS, QU'EST-CE QU'ON FAIT ?
NOUS ALLONS...
EH BIEN... COMMENCE PAR CHERCHER TOUT SEUL.
ÇA PREND DU TEMPS DE TROUVER UN ESPRIT QUI CONNAÎT TA MÈRE.

VU QU'ELLE M'A DIT DE CHERCHER PAR MOI-MÊME...
SI TU NE SAIS PAS QUOI FAIRE, LAISSE-MOI CHOISIR !
HEIN ? TU AS UNE IDÉE ?
ON NE S'OCCUPE PAS D'AUTRES MAUVAIS ESPRITS.
TU N'AS PAS BESOIN DE TRAVAILLER SI DUR TOUT LE TEMPS !
QUOI ? ON VA OÙ ?
TU VERRAS !
야옹
MIAOU
야옹
MIAOU
MIAOU
야옹

OUISTITI !
TOUT ÇA POUR ÇA.
OUAIP !
TU AS BESOIN DE PASSER DU BON TEMPS POUR MIEUX TRAVAILLER.
OUAIS, OUAIS ! D'AILLEURS JE SUIS DÉSOLÉ DE T'EMBARQUER TOUS LES JOURS À LA RECHERCHE D'ESPRITS...

TU NE MANGES RIEN ?
JE N'AI PAS FAIM.
TRÈS BIEN...
JE TE DONNE UNE CUILLÈRE.
FIIIP
TU AS HÉSITÉ ?
JE NE PARTAGE PAS FACILEMENT MA NOURRITURE.
D'ACCORD, PUISQUE MA PATRONNE ME DEMANDE DE MANGER...
OUAH ! C'EST DÉLICIEUX.
HEIN... OH ?
C'EST MA CUILLÈRE...

AU FAIT, TU TE SOUVIENS DE L'HOMME AU MANTEAU NOIR ?
OUAIS.
J'AI EU DE LA CHANCE, J'AI ENTENDU CE QU'IL DISAIT LÀ-BAS.
SEUL LE TYPE AUX CHAÎNES SEMBLAIT SAVOIR QUE TU SÉCHAIS LES COURS.
LEUR ORGANISATION N'EST PAS AU COURANT DE NOS ESCAPADES.
MAIS TOUT DE MÊME, CE SONT DES MONSTRES, ALORS RESTE PRUDENTE.
LES TATOUAGES DE LOCHES ? C'EST RIEN, NE T'EN FAIS PAS.
BEAUTY

LES TATOUAGES DE LOCHES ? TU VEUX DIRE SERPENT ?
JE PEUX DEMANDER L'AIDE DES ESPRITS.
ILS NE M'ATTRAPERONT PAS.
C'EST VRAI QU'ELLE S'EN SORT PLUTÔT BIEN CES JOURS-CI.
JE CROYAIS QUE JE DEVAIS JUSTE FAIRE ATTENTION AUX SERPENTS.
MAIS LES PROBLÈMES ALLAIENT VENIR DE L'INTÉRIEUR.

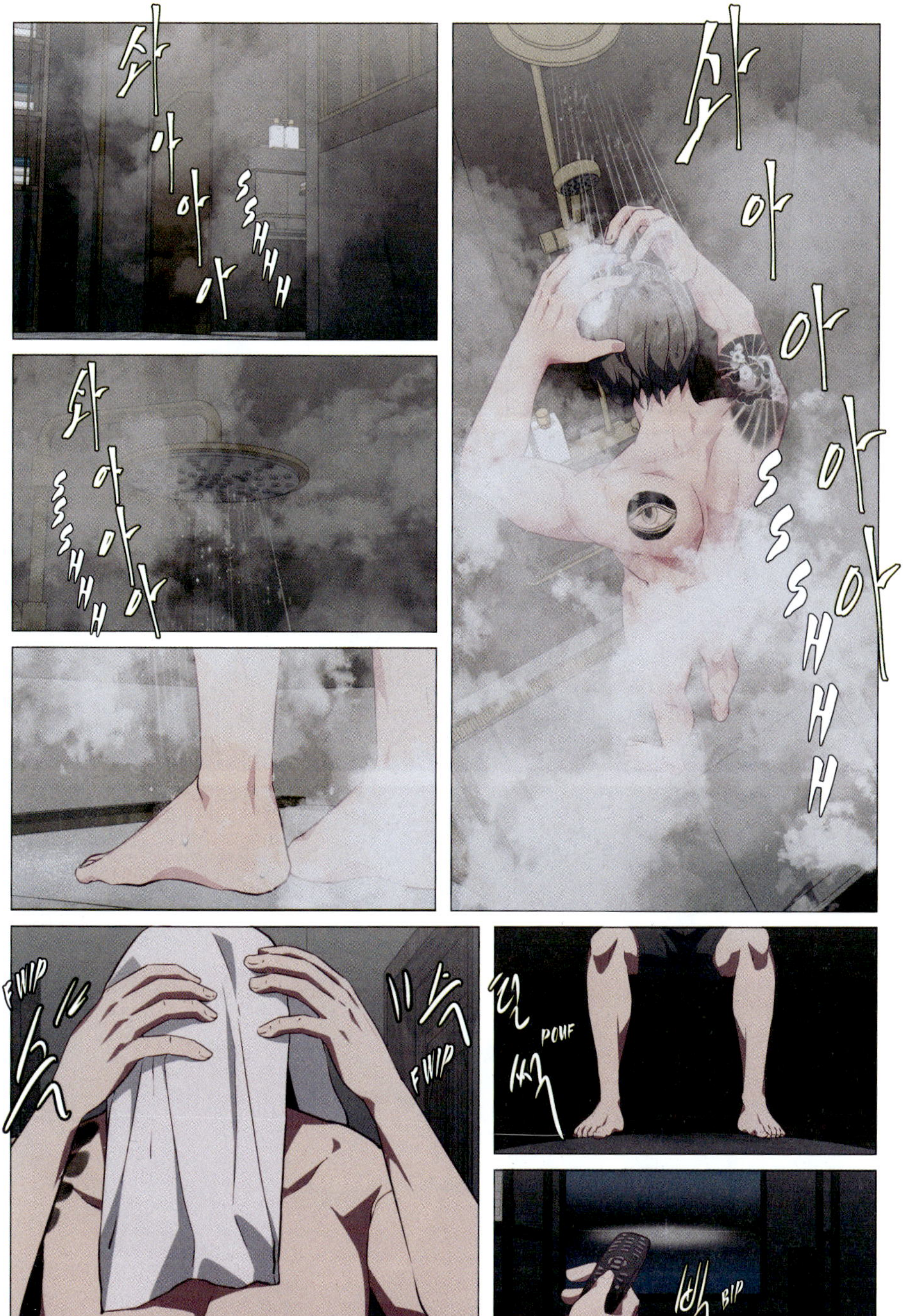
쏴아아아
SSHHH
쏴아아아아
SSSHHHH
쏴아아아
SSSHHH
FWIP
FWIP
털썩
POUF
삑
BIP

NE PAS FRANCHIR ATTENTION
NOUVELLE ÉMEUTE
SBX FLASH INFO ! RÉCEMMENT, LE GANG ILCHEON A CRÉÉ DES PROBLÈMES AU MARCHÉ D'HANYANG.
LES MEMBRES DU GROUPE SE SONT BATTUS ENTRE EUX, MENANT BÊTEMENT LA POLICE JUSQU'À EUX.
QUELLE BANDE DE CRÉTINS PATHÉTIQUES.
ALLÔ ?
OUI, ON PEUT PARLER.

MON AMI, JE SUIS PRÊT À FAIRE CE DONT TU ME PARLAIS LA DERNIÈRE FOIS.
MAIS TOI AUSSI, TU ES INCROYABLE. T'ES UNE PUTAIN DE TAUPE ! COMMENT AVANCE TON PLAN ?
DEPUIS 10 ANS QUE TU ES LÀ, TU AS BIEN AFFÛTÉ TON ÉPÉE.
EH BIEN, PUISQUE VOUS ÊTES SI COMPRÉHENSIF, ALLONS DROIT AU BUT.
CONCERNANT LES ARMES ET LE LIEU, TOUT EST RÉGLÉ...
TU T'OCCUPES DE PRÉPARER LES GARS, N'EST-CE PAS ?
OUI, J'AI CHOISI DES PERSONNES DE CONFIANCE. TOUT SERA FAIT AVEC DISCRÉTION.
ON VA LANCER UNE ATTAQUE SI GROSSE QU'ELLE FERA TRÈS VITE LA UNE DES JOURNAUX.
LAVE-LEUR BIEN LE CERVEAU.

OUI, PATRON.
CHEF DE L'ÉQUIPE 1
JI-SEOK LEE

HERO TICKET
À SUIVRE...

DANS LE PROCHAIN VOLUME
SI ÇA VOUS INTÉRESSE...
JE PEUX VOUS PARLER DE LA VRAIE FAUCHEUSE.
NE T'AI-JE PAS DIT DE TE TAIRE ?
UN NOUVEAU SERPENT FAIT SON APPARITION !
LE CHEF JI-SEOK LEE EST UN TRAÎTRE ?!
KYEONG-HO CHERCHE LA VÉRITÉ !
TOUS NOS HOMMES SONT MORTS.
LA MENACE S'ACCENTUE ET LES FORCES DE SÉCURITÉ DOIVENT REDOUBLER D'EFFORTS.

ALORS COMME ÇA IL Y AURAIT BEAUCOUP D'AUTRES SERPENTS...
ET CHACUN D'ENTRE EUX SERAIT UN MONSTRE...
POUR DÉJOUER LES PLANS DES SERPENTS, KYEONG-HO ENCHAÎNE LES COMBATS.
INTÉRESSANT.
JE VOUS DONNERAI CE REGISTRE SECRET DES GARDES POUR 1,5 MILLIARDS*.
*ENVIRON UN MILLION D'EUROS.
UN HOMME GRAND AVEC UNE CICATRICE DE BRÛLURE SUR LE CRÂNE.
IL M'A FAIT PENSER À BLOMHOFFII MAIS AVEC DES COUTEAUX.
PEUT-IL SURVIVRE, SEUL CONTRE UNE ARMÉE ?
JI-SEOK LEE, LE CHEF D'ÉQUIPE. JE VAIS LE SUIVRE.
SHANE ET MOI, ON S'EST FAIT PRENDRE PAR SURPRISE ET ÇA A ÉTÉ DIFFICILE DE L'AFFRONTER, MÊME À DEUX.
TOME 5
BIENTÔT DISPONIBLE !

Kyeong-Ho se plie au jeu de la mort...

Dévoilera-t-il son plus grand secret pour survivre ?

HERO TICKET

Based on the webcomic series "Hero Ticket" created by Ryu and edited by WEBTOON

Éditions Michel Lafon, 2024, pour l'édition française
14 boulevard de la Madeleine
75008 Paris
www.michel-lafon.com

Supervision éditoriale : Yann Raynal
Lettrage et maquette : Nord Compo
Fabrication : Christian Toanen et Nikola Savic

Imprimé en Espagne
Dépôt légal : Décembre 2024
ISBN : 978-2-7499-5718-0
LAF : 3454 D